괴물선이

틴틴 다락방 · 6

괴물 선이

© 박정애 2013

초판 1쇄 발행 2013년 3월 22일 | **4쇄 발행** 2015년 1월 19일
지은이 박정애 | **그린이** 김종민 | **펴낸이** 이기섭 | **책임편집** 최연희 | **기획편집** 박상육 염미희 신은선
디자인 신용주 | **마케팅** 조재성 정윤성 한성진 정영은 박신영 | **관리** 김미란 장혜정

펴낸곳 한겨레출판(주) www.hanibook.co.kr | **주소** 서울시 마포구 공덕동 116-25 한겨레신문사 4층
전화 02-6383-1602~3 | **팩스** 02-6383-1610 | **출판등록** 2006년 1월 4일 제313-2006-00003호
홈페이지 www.hanibook.co.kr | **이메일** child@hanibook.co.kr | **트위터** @haniteen

ISBN 978-89-8431-671-3 43810

- 이 책의 일부 또는 전부를 재사용하려면 반드시 저작권자와 한겨레출판(주) 양측의 동의를 얻어야 합니다.
- 책값은 뒤표지에 있습니다.

괴물 선이

박정애 장편소설

틴틴
한겨레

[작가의 말]

시대를 잘못 타고난 소녀도
　잘 살아갈 수 있을까요

 정선에서 여름휴가를 보낸 적이 있어요. 떠나는 날 오후, 보얀 안개비가 내리는 아라리촌 뜰에서 정선 아리랑을 들었지요. 제풀에 눈물이 주르르 흐르더군요. 뜬금없이 '내 생의 한 순간, 참 슬프고 아름답고 행복하다'는 생각도 했고요.

 딸아이가, 아라리촌 연못에 쓸쓸히 떠 있는 뗏목을 가리키며 타 보고 싶다더군요. 저야 당연히, 저건 그냥 전시용이다, 못 탄다, 하고 대답했지요. 그런데 그 말이 입을 떠나기 무섭게, 제 머릿속 극장에서 키도 크고 눈도 큰 소녀가 뗏목을 타기 시작하는 거예요!
 어떤 소녀였느냐면, 검은 머리칼에 검은 눈동자를 가진 안젤리나 졸리라고나 할까요. 안젤리나 졸리, 하면 무엇이 떠오르나요? 세계에서 가장 유명한 여배우? 레드 카펫에서 더욱 빛나는 여신의 이미지? 영화에서 보여 준 여전사의 카리스마? 문신 중독자? 170센티미터가 넘는

키에 두툼하면서도 섹시한 입술?

하여튼 말이죠, 그런 그녀도 19세기 조선 땅에 태어났다면, 미인은커녕 엄청나게 못생긴 여자 취급을 받았을 거라는 사실은 어렵지 않게 짐작하실 거예요. 게다가 몽롱한 눈동자로 헛꿈이나 꾸는 계집아이라면!

당대의 기준으로 본다면 키는 커도 너무 크고, 성격은 뻣뻣한 데다 돈 한 푼 없는 처지에 남모르는 신체적 비밀까지 간직한 소녀. 그 소녀가 이끌어가는 뗏목 어드벤처. 모험의 끝에 소녀가 얻게 되는 보물…….

어떤가요, 소녀의 모험이 궁금하지 않으세요?

그렇다면, 함께 모험을 떠나 보시지요.

봄물 오르는 소리가 밤낮으로 귀를 간질이는 춘삼월에,
박정애

[차례]

작가의 말 • 4

네까짓 게 백날 용꿈을 꿔 본들 • 9
옷만 바꿔 입으면 영락없는 사내거든 • 33
제가 해 보겠습니다 • 46
황새여울 된꼬까리 무사히 다녀가셨나 • 54
또 엽령귀인가 • 68
내 소원은…… • 79
자네가 사냥꾼들을 모으게 • 87
너는 이미 표적이 됐다 • 93
용꿈 꾸고 얻은 자식 • 100
떼돈은 먼저 보는 놈이 임자 • 114
나루터를 떠도는 살기 • 129
초장 끗발은 개 끗발 • 137
여의주를 가진 소녀 • 158
혈투 • 173
승천 • 184
삿갓 괴물 납신다 • 190

네까짓 게 백날 용꿈을 꿔 본들

여량리 우물가는 새벽 이내가 내려앉아 희부옜다. 선이는 우물 물을 퍼 올려 푸푸 세수를 하고 물 묻은 손으로 관자놀이와 목덜미를 꾹꾹 눌렀다. 머리가 아프다고 투정을 부릴 때마다 아버지 정 목수가 쓰던 방법이었다.

이리 온, 선이야. 내 무르팍에 머리를 얹으렴. 아비 손이 약손이란다. 걱정하지 마라, 머리가 크느라고 아픈 거니까.

못 본 지 이태가 넘었건만, 어제 일인 듯, 아버지 목소리가 귀에 쟁쟁했다.

"아이구, 월천 형님. 무슨 일 있으세요? 얼굴이 백지장 같으세요."

"아, 글쎄, 떼꾼 장 서방이 어젯밤 도붓장수 지게에 실려 왔다지 뭐야? 이번에도 이무기가 물어 죽였다나 봐. 배에 이무기 이빨 자국이 있더래."

월천댁과 장성댁이 물동이를 이고 종종걸음으로 다가오고 있었다. 선이는 얼른 물동이를 들어 물푸레나무 둥치 아래로 옮겼다. 정이는 동네 아주머니들과도 무람없이 수다를 잘 떠는데, 선이는 그러지를 못했다. 선이 딴에는 비위를 맞춘다고 한 얘기에 아주머니들은 인상을 쓰기 일쑤였다. 차라리 컴컴한 나무 뒤에 숨어 머루눈을 끔벅거리며 기다리는 편이 나았다.

"에구머니나. 먼젓번에는 건넛마을 황소를 물어 죽여 놓더니만 이번에는 사람까지? 에구 무서워라."

"우리 어머니 어릴 적에는 곰이 마을을 쑥대밭으로 만들었다더군. 내가 시집오기 전에는 또 호랑이가 내려와서 어린애들을 물어 갔더랬지. 산짐승이야 예전부터 그랬다 치더라도 웬 물짐승까지 올라와서 사람을 못살게 굴어 쌓는담? 안 그래도 살기 힘든 세상에 괴물까지 나타나는 걸 보면, 세상 말세는 말센가 봐."

"그러게 말이에요. 산짐승은 함정도 파고 덫도 놓고 총도 쏘고 해서 어떻게든 잡는다지만, 물짐승은 사람이 어떻게 잡는답니까? 강에다 독을 풀어야 하나요?"

"이 사람아, 말이 되는 소리를 하게. 우리가 그 강물 퍼 먹고 사는데 거기다 독을 풀면 우리까지 다 죽게? 물고기들은 어떡하고?"

"그럼 그물을 쳐서 잡나요?"

"옛날부터 용 못 된 이무기 심술만 남는다는 말이 있어. 암만 그래도 용이 되다 만 놈인데, 머리가 좀 좋겠어? 그 비상한 머리로 심술을 부리면, 인간의 힘으론 감당을 못할 수도 있지."

"폭약을 터뜨리면 안 될까요?"

"그러다 애먼 사람들이 다치면 어떡하라고."

"떼꾼으로 보낸 우리 서방님 걱정돼서 그러지요. 그나저나 장 서방네는 불쌍해서 어떡한대요? 장 서방네 혼자 그 어린것들을 어떻게 기른다죠?"

"내 말이 그 말일세. 원, 산 좋고 물 맑고 농사 잘돼 살기 좋다고 소문난 우리 여량리가 언제부터 이렇게 뒤숭숭해졌을까."

"경복궁인지 뭔지 그놈의 궁궐 공사 때문에 그래요. 아, 힘깨나 쓰고 재주 좋은 남정네들은 죄다 부역 끌려 나갔지요. 그나마 남아 있는 장정들은 떼돈 벌겠다고 너도 나도 떼 타러 갔는데, 이제 그 떼꾼들을 이무기란 놈이 해치고 돌아다니니, 온 동네가 뒤숭숭할 수밖에 없지 않겠어요?"

장성댁이 근심 어린 낯꼴로 두레박을 감아올렸다. 우물물이 물동이 가두리에서 신비로운 푸른빛으로 방울방울 부서졌.

"그나저나 얼른 아침 차려 먹고 초상집엘 가야지."

"그래요, 형님."

두 아낙이 이내 속으로 사라졌다.

언니가 초상집에 가서 부엌일 거들자고 나대겠군. 어머니는 보나마나 언니 말 들으라고 들볶을 텐데, 어쩌지?

사람 많은 곳은 어디나 질색이었다. 선이는 제 물동이를 번쩍 들어 정수리에 이었다. 송충이 같은 눈썹이 굼실거렸다.

장 서방네 돌집 앞마당에 봄 햇살이 제법 도톰하니 쏟아졌다. 담벼락 옆 산수유나무에는 노란 꽃망울이 부풀었다. 정이는 부엌에서 동네 아주머니들을 도와 설거지를 하고 지지미를 부치며 데바삐 돌아쳤다. 웬만한 아주머니들보다 정이가 일을 더 많이 하는 폭이었다.

"에그, 우리 정이는 어쩜 이리 민첩하고 엽렵할꼬."

"인물은 좀 좋은가? 여량리 처녀들 중 으뜸이지."

"암, 으뜸이고말고. 누가 데려갈지, 정이 데려가는 사내는 전생에 나라를 구했을 걸세."

아주머니들이 입을 모아 정이를 칭찬했다.

이제 화살이 나한테로 날아오겠지.

선이는 저도 모르게 어깨를 움츠렸다. 어릴 적부터 사람들은 정이를 한껏 추켜세워 놓은 다음, 으레 그래야 하는 것처럼 선이를 내리깎곤 했다.

월천댁이 닭 쫓는 모양새로 두 팔을 훠이훠이 저으며 선이를 내몰았다.

"얘 선이야, 안 그래도 좁은 부엌에 네가 그렇게 멀뚱거리고 서 있으니 당최 일이 안 되는구나. 나가서 사내들 돼지 멱따는 데나 가 보련?"

다른 아낙들도 기회를 놓칠세라 입을 댔다.

"전생에 태백산 호랑이였는지 함백산 곰이었는지……. 어떤 사내놈이 저 기골을 감당한담?"

"그러게. 눈먼 사내놈한테 가면 모를까, 눈 달린 사내한테는 시집 못 갈 거야. 쯧쯧."

더 모진 흉질이 시작되기 전에 선이는 부엌 문지방을 넘었다.

어디로 가야 할까. 월천댁 말대로 사내들이 돼지 잡는 곳에 갈 수는 없다. 계집애가 재수 없이 사내들 노는 곳에 왔다고 지게막대기로 두들겨 맞을지 모른다. 그렇다고 집에 간들 편하랴. 왜 혼자 돌아왔느냐며 어머니가 빗자루를 들어 함부로덤부로 후려칠 게다.

굴건 쓰고 베옷 입은 다섯 살배기 사내아이가, 시방 제가 왜 그런 옷을 입고 있는지 모르는 듯, 천방지방 뛰어다니며 까르르까르르 웃었다. 수염이 허연 친척 어른이 아이를 붙들어 꿀밤을 두어 대 먹이고 나서야, 아이는 초상집에 걸맞게끔 서러운 울음보를 터뜨렸다. 사내아이가 울며불며 제 어미 소복 치마폭으로 뛰어들었다. 어미는 다시금 설움이 북받치는지 목 놓아 통곡했고, 어미 옆에 늘어선 어린 딸들도 엉엉 울었다.

마을 사람들이 경황없는 상주를 대신해 빈소를 차리고 경 읽을 스님을 부르고 돼지를 잡고 음식을 장만하는 동안, 선이는 변소 뒤, 눈 녹은 물에 젖어 썩는 냄새를 폴폴 풍기는 짚가리 속으로 숨어들었다. 춥고 어둡고 습하여 아무도 찾지 않는 곳. 그런 곳에 숨어 꿈을 꿀 때, 선이는 가장 편안하고 행복했다.

정이는 열심을 다해 마을 아주머니들을 도왔다. 가끔은 저도 모르게 눈물이 쏟아지는 바람에 가만 돌아서서 소맷부리로 얼굴을 훔쳐 내리기도 했다. 장 서방네 맏딸이 동갑내기 친구라 마음이 더 안됐고 서글펐다.

사방에 어스름이 깔리자, 초상집도 어지간히 모양새를 갖추었다. 여량리 사람만 옥작복작거리던 집에 이웃 동네 지인들이 하나 둘 찾아들기 시작했다. 사립문 앞, 차일 아래, 부엌문 앞에 불 밝힌 등롱이 걸렸다.

정이는 음식 쟁반을 나르다 말고 월천댁이 부르는 소리에 고개를 돌렸다.

"정이야, 더 늦기 전에 이거 들고 집에 가거라. 어머니가 걱정하시겠다."

월천댁이 대나무 소쿠리에 나물과 지짐이, 삶은 돼지고기 몇 점을 담아 내밀었다.

"늘 이렇게 챙겨 주시고……. 고맙습니다."

월천댁이 주변을 두리번거리더니 미간을 찌푸렸다.

"선이 걔는 온다 간다 말도 없이 가 버린 거니?"

"아마 집에 가서 어머니 돌봐 드리고 있을 거예요."

정이가 선이를 역성들자, 월천댁이 혀를 찼다.

"쯧쯧. 그런 아우도 아우라고 감싸 주는구나. 세상에 누가 너하고 선이를 친동기간으로 보겠니? 아무튼지 너는 가거라. 우리네야 여기서 밤을 새워도 무관하지만, 어린 처녀가 그럴 수야 없지. 오늘은 품일도 못 했을 거 아니냐. 서둘러라. 산 사람은 어쨌거나 살아야지. 장 서방네도 저 어린것들을 봐서 어서 기운을 차려야 할 텐데…….”
 “고맙습니다, 아주머니. 그럼 저는 이만 가 볼게요. 내일 또 올게요.”
 정이가 꾸벅 인사를 하자, 월천댁이 얼른 가라는 뜻으로 손사래를 쳤다.

 장 씨네 초상집을 나선 정이는, 아우라지가 한눈에 내려다보이는 솔수펑이 언덕에서 맨손으로 돼지고기를 집어 먹었다. 언덕 아래 너와집에 누워 있을 어머니가 얼핏 떠올랐지만, 우선 제 배를 채우는 게 급했다. 입속에서 제대로 씹지도 않았는데 목구멍에서 어서 넘기라고 아우성을 치는 형국이었다. 초상집에선 보는 눈이 많아, 겨우 월천댁이 말아 준 국밥 한 그릇을 먹었을 뿐, 고기에는 손을 못 댔다. 정이는 누구 한 사람이라도, 지켜보는 눈이 있을 때는 식탐을 부리지 않았다. 설령 그 사람이 저를 낳아 준 어머니일지라도. 식탐 있는 처녀를 어떤 집에서 데려가겠는가. 며느릿감으로서 평판이 떨어질 일은 절대 할 수 없었다. 부잣집 안방마님이 되어 곳간 열쇠를 차지하기 전에는 참고 또 참아야 했다.
 이윽고 솔수펑이로 들어서자, 다람쥐 한 마리가 정이의 앞길을 막아섰다. 다람쥐는 오래 굶은 듯, 눈이 떼꾼하고 아랫배가 홀쭉했다.

"미안하지만 너 줄 음식은 없단다. 사람도 배고파 죽겠는 보릿고개거든."

하지만 다람쥐는 꼬리를 흔들며 잔달음질 치는 정이를 졸졸 따라붙기까지 했다.

정이가 홱, 뒤돌아보며 헛발을 구르고 종주먹을 흔들었다.

"껍데기 벗겨서 구워 먹기 전에 안 꺼질래?"

다람쥐는 그제야 꽁무니를 뺐다.

다람쥐가 발에 밟혔다면 정이는 진짜로 구워 먹었을지 모른다. 그동안 남의 눈을 피해 개구리, 참새, 메뚜기 따위를 무수히도 구워 먹었으니.

어느새 너와집 앞 통방아께에 다다랐다. 벽에 기대앉은 어머니 숙암댁의 모습이 창호지 문에 얼비쳤다. 이마에 수건을 두르고 어깨를 축 늘어뜨린 그 모습에 정이는 가슴이 아프면서도 화가 났다.

아버지가 안 계시면 어머니라도 어른 노릇을 해야지. 남의 집 빨래품이라도 팔 생각은 안 하고 그저 집구석에 들앉아 딸 팔아 먹고살 궁리만 하는 어머니라니. 지겨워.

정이는 축담에다 짚신짝을 아무렇게나 벗어던지다 말고 찌푸렸던 미간을 억지로 폈다. 입꼬리도 추켜올렸다.

"어머니, 저 왔어요."

정이가 숙암댁 무릎 앞으로 대나무 소쿠리를 내밀었다.

"어머니, 이 지짐이 먼저 잡숫고 계셔요. 제가 얼른 조밥 짓고 된

장 지질게요. 이 나물이랑 비벼 먹으면 맛날 거 같아요."

소쿠리를 뒤적이는 숙암댁의 얼굴에 실망의 빛이 드리웠다.

"고깃점은 안 주더냐?"

"다른 집은 닭이나 쌀로 부조를 했는데 우리 집에선 부조도 않고 일만 조금 거들었잖아요, 어머니. 그나마 월천 아주머니가 이것저것 챙겨 주신 거예요."

"하긴 장 서방네가 넉넉한 집도 아니고. 번번이 고맙구나, 월천댁은. 네가 잘되면 월천댁 은공을 잊지 말거라."

"그럼요. 보리쌀이고 좁쌀이고 월천 아주머니한테 꿔 먹은 게 얼만데요."

"그러니 월천댁이 너를 부잣집에 시집보내려고 애를 쓰지. 자기네가 꿔 준 곡식, 이자 붙여서 받아 내려면 네가 잘되는 수밖에 없잖니."

숙암댁 입가에 모처럼 미소가 어렸다.

"나도 오늘은 드러누워 밥만 축내지 않았느니라. 너 시집보낼 때 가져갈 버선이랑 속곳을 만들었다."

숙암댁이 반짇고리 옆에 차곡차곡 쌓인 무명 버선과 속곳을 가리켰다.

"어머나!"

"놀라긴. 너도 벌써 과년한 처자 아니냐. 아버지만 계셨으면 벌써 시집을 가서 아들을 낳아도 낳았을 나이다. 에그, 올해는 한양 가서 네 아버지를 끌고 오든가, 삼척 작은아버지를 아버지 대신 내세우든가, 무슨 수를 써서라도 너를 여일 참이다. 나도 부지런히 중매쟁이를 만날 테니까 정이 너도 몸가짐 각별히 조심해라. 오늘도 유천리 금동이 총각이 제사 지냈다고 찰떡을 챙겨 왔더라마는, 행여나 그놈하고 눈 맞아서 동네방네 싸돌아다니진 말아라."

제가 어머니처럼 살 거 같아요? 걱정 마세요. 그저 밥술이나 뜨는 금동이네 정도는 제 눈에 안 찬다고요. 스무 살까지도 부잣집에 시집 못 가면 그때나 못 이기는 척 끌려가 줄까.

정이는 부끄러운 척 고개를 수그리고 숙암댁의 말을 들었지만, 속으로는 숙암댁을 빈정거렸다.

제 앞가림은 제가 해요. 어머니야말로 말만 앞세우지 말고 부지런히 중매쟁이를 만나 혼인성사를 시키세요.

"선이는?"

문득 숙암댁이 물었다.

"아직 안 왔어요?"

"망할 년의 계집애, 오늘 초상집 부엌일도 안 거들었지? 핫바지 방귀 새듯 빠져나가선 어디 구석에 처박혀서 또 그 용꿈인지 뭔지 나 꾸고 있다던? 썩을 년, 들어오기만 해 봐라."

오늘도 한바탕 경을 치겠구나. 남부끄러운 일이나 안 생겼으면.

정이가 입술을 빼어 물고 속으로 생각하자마자, 선이가 헐레벌떡 방문을 열고 달려 들어왔다. 딴 세상에서 놀다 온 것처럼 선이는 눈빛이 초롱초롱하고 두 뺨이 잘 익은 복숭앗빛으로 발갰다.

정이는 툭하면 욕먹고 매 맞는 선이가 안됐으면서도 미웠다. 특히 지금처럼 선이가 예뻐 보일 때는 더 그랬다. 정이가 고운 아미를 일그러뜨리며 중얼거렸다.

네까짓 게 백날 용꿈을 꿔 본들…….

한마디 찔러 주고 싶기도 했지만, 정이는 꾹 참았다. 제가 말하지 않아도 어머니가 나설 터였다.

아니나 다를까, 숙암댁이 벽에 걸린 회초리를 내렸다.

"이놈의 계집애, 밥값도 못하는 년! 회초리를 얼마나 더 맞아야 정신을 차리겠니?"

숙암댁이 손짓하자, 선이는 저항하지 않고 몸뚱이를 내밀었다.

숙암댁이 선이의 등허리와 엉덩짝에 회초리를 휘둘렀다. 골비단지처럼 골골거리다가도 회초리만 들면 없던 힘도 생기는 숙암댁이었다. 정 목수가 없으니 숙암댁을 말릴 사람도 없었.

"밥벌레 같은 년, 허우대는 엔간한 사내보다 큰 계집애가 이 집에서 하는 일이 뭐니? 그렇게 빈둥거릴 양이면 한양엘 가라니까 그것도 못 간다며 뻗대지. 네 덩치에 뭐가 무서워 한양엘 못 간다니? 옛날에 어떤 효녀는, 남장하고 아버지 대신 군대 가서 큰 공을 세웠다더라만, 내가 너더러 군대를 가라니? 네 아버지 따라다니면서 목수 일을 배웠으니 네 아버지 대신 부역 좀 살다 오란 건데, 그게 뭐 그리 힘든 일이야? 부역이 정 싫으면 남의 집 품일이라도 맡아서 양식을 벌어 오든지 집안 살림이라도 뽀도독뽀도독 해 놓든지. 네 언니처럼 인물이나 아리잠직하니 잘 빠졌으면 내가 말을 안 한다. 날이면 날마다 헛꿈 꾸는 거 말고 네가 이 집에서 하는 일이 뭐가 있어?"

정이는 부엌에서 좁쌀을 씻어 가마솥에 안치고 아궁이에 불을 지피면서 혹여 남이 들을세라 사립 밖 인기척에 귀를 기울였다. 선이가 두들겨 맞는 거야 어릴 적부터 숱하게 봐 왔지만, 어머니의 막된 언행이 남의 입에 오르내려선 안 되었다.

이윽고 회초리 부러지는 소리가 났다. 선이가 아니라 숙암댁이 신음 소리를 내며 무너졌다.

정이는 그제야 쫑긋했던 귀를 재우고 부지깽이로 아궁이를 들쑤셨다. 이번에는 어머니가 미워졌다.

선이가 밥값을 못하지는 않지. 새벽부터 물 긷고 마당 쓸고 지붕 고치고 땔감 구해 오고……. 힘쓰는 일은 다 선이 몫인걸. 어머니도 참 생각이 없으셔. 당장 선이가 떠나고 나면 선이가 하던 힘쓰는 일은 누가 하지? 내가?

정이는 고개를 흔들었다.

또, 여비도 그래. 맨몸으로 떠나면 다음 날 닿는 곳인가, 한양이? 집에 땡전 한 푼 없는데 무슨 돈으로 먹고 자며 한양엘 가라고?

언제 왔는지 선이가 정이 옆에 털썩 주저앉았다. 솥에서 부연 김이 천장까지 피어올랐다.

"언제나 이놈의 조밥 걷어치우고 쌀밥을 먹을까. 쌀밥은 씹지 않아도 입에서 살살 녹잖아. 먹다 남은 찬밥 모아 뭉근한 불에다 끓여 먹어도 맛있고. 참기름 한두 방울 떨어뜨리면 뽀야니 풀어지는 게…….”

정이가 괜히 어색해서 주워섬긴 말에 선이가 침을 꿀꺽 삼켰다.

정이가 선이 눈치를 보며 웃었다. 선이도 빙그레 웃었다. 종일 굶은 배가 요동을 쳤지만, 마음만은 편한 선이였다. 맞을 매를 다 맞고 배 채울 일만 남았으니.

아침 햇덩어리가 유난히 크고 붉었다. 아우라지 물빛이 진달래 꽃빛으로 물들었다.

선이는, 짚신짝을 대강 꿰어 신고 나물 바구니에 호미 하나 얹어 옆구리에 끼웠다. 집 앞 솔수펑이를 지나려니 바위틈에서 자라난 못난이 소나무가 말을 거는 듯했다. 똬리 튼 구렁이 형상으로 구부러지고 비틀린 나무였다.

아버지는 말이다, 나무가 좋아. 좋고도 어려워. 존경스럽기도 하고. 나무들은 대부분 사람보다 훨씬 오래 산단다. 한자리에서 나서 한자리에서 죽을 때까지 죄 안 짓고 살며 숱한 목숨을 제 몸에 품어 주지. 그런 나무를 감히 이 못난 인간이 베다니, 나무 한 그루를 벨 때마다 아버지는 심장이 벌벌 떨린단다. 그래서 어떤 나무든 나무를 베기 전에 천지신명께 고하고 나무한테도 맹세하지. 너를 베어 절대 허투루 쓰지 않으마, 살았을 때처럼 죽어서도 숱한 목숨의 거처가 되도록 좋은 집 대들보로, 상기둥으로, 서까래로 쓰마, 하고.

아버지는 전생에 나무였을 거 같아요.

그렇지? 아마 다음 생에도 나무로 태어날 거야.

어떤 나무요, 아버지? 부처님 상(像)으로 쓰이는 주목? 임금님 관으로 쓰이는 황장목? 그것도 아니면, 딸 시집보낼 때 혼수 장롱 만들어 주는 오동나무?

선이야, 아버지는 아무 데도 쓰이고 싶지 않아. 불상으로도, 관으로도, 장롱으로도. 저 못난이 소나무를 보렴. 저런 나무는 아무도 베지 않지. 써먹을 데가 없으니까. 나는 저런 나무로 태어나서 나무로 명을 다하고 싶단다.

까막딱따구리 소리가 요란했다. 노랑 참새도 소나무 가지에서 반가운 듯, 날개를 파닥거리며 날아올랐다.

"새야, 새야, 노랑새야, 너는 하늘을 훨훨 날아다니니 한양에도 쉬 가겠지? 우리 아버지, 건강히 잘 계시니? 아아, 정말 내가 사내 옷을 입고 패랭이 쓰고서 그 멀다는 한양 땅으로 가 아버지 대신 부역을 살 수 있을까?"

제 입으로 말해 놓고도 피식 웃어 버리는 선이였다.

"그래, 말도 안 되는 얘기야. 어머닌 옛날부터 나를 싫어했어. 내가 어릴 땐 숲 속이나 강변이나 절간에다 나를 버려두고 도망가기도 했지. 그때마다 아버지가 나를 찾아냈고. 어머닌 내가 잊어버린 줄 알지만 나는 다 기억하고 있어. 이제 덩치 큰 나를 어디 갖다 버릴 수도 없으니까 나 스스로 사라져 달라는 얘기인 줄, 내가 왜 모르겠니."

선이는 애쑥과 냉이, 민들레 등속을 캐어 바구니에 담았다. 좁쌀 한 줌으로 세 식구 먹을 죽을 끓이려면 보드라운 봄나물을 한 바구니 가득 뜯어 가야 했다.

"애쑥아, 냉이야, 민들레야. 너희는 얼음 녹은 땅에서 태어나 너희하곤 아무 상관없는 사람들 보릿고개 넘어가는 목숨 줄이 돼 주는구나. 너희가 태어난 이유가 설마 그거니? 꽃도 피우고 씨앗도 만들어서 자손만대 뻗어나가고 싶지 않아? 모르겠다. 내가 태어난 이유도 모르는걸, 뭐. 언니가 생겼을 때는 어머니가 모란꽃 꿈을 꾸고 내가 생겼을 때는 아버지가 용꿈을 꿨대. 두 분 다, 용꿈 덕에 잘난 아들을 보겠거니 믿었다지. 난 어머니 뱃속에서부터 워낙 덩치가 있어서 어머니를 괴롭혔고 태어날 때도 어머니한테 저승 구경을 시켰다나 봐. 거기다 못내 바라던 아들도 아니었으니 부모님 속이 많이 상하셨대. 어머니는 나한테 젖도 물리지 않으려 했다는데, 아버지가 나를 살리셨어. 집에 놔두면 어머니가 해코지할까 봐, 아버진 일을 나갈 때도 나를 데리고 가셨댔어. 아버지 덕분에 나는 집을 지을 줄 알지. 마루도 놓을 수 있고 농도 짤 수 있어. 하지만 아버지 없이 나 혼자선 그런 일을 하지 못해. 아무도 나한테는 일을 맡기지 않거든. 난 계집애니까."

민들레를 뿌리째 뽑아 흙을 털다 말고 선이가 입술을 깨물었다.

너는 민들레지. 앞으로 보나 뒤로 보나 민들레가 맞아. 하지만 나는 정말로 계집애일까? 이렇게나 덩치가 크고 이렇게나 뼈마디

가 굵고 이렇게나 목소리가 걸걸한데. 그리고…….

바구니가 거지반 찼다. 향긋한 봄나물 냄새가 코를 찔렀다.

"어머니 매질 따위는 두렵지도 않은데, 집안 살림 돌아가는 꼴을 보면 내가 이대로 버티고 있을 수만도 없어. 어머니 약값도 다 떨어졌고 보리쌀, 좁쌀도 꿔다 먹은 지 오래야. 내가 목수 일을 할 수 있다면 얼마나 좋을까? 빨래품 팔고 땔나무 하는 걸로는 입에 풀칠하기도 힘들어. 진짜, 어떻게 살아야 할지 답이 없어. 아버지 계실 땐, 어떤 문제든 금방금방 해결되었는데……."

선이 머리 위로 노랑 참새가 되돌아왔다. 날렵한 몸매의 제비 한 마리도 선이의 주위를 맴돌았다.

"그새 한양 다녀온 거니?"

그럴 리 없다는 걸 알면서도 선이는 기분이 좋아졌다. 입에서, 아버지가 즐겨 부르던 아리랑 한 자락이 저절로 흘러나왔다.

이 철인지 저 철인지 나는 몰랐더니
얼음이 살짝 녹으니 봄철이로구나

나물 바구니 둘러메고 동산 나물을 가니
동삼(冬三)에 쌓였던 마음이 다 풀리는구나

아리랑 아리랑 아라리오
아리랑 고개고개로 나를 넘겨주게

선이의 눈가에 물기가 어렸다.

"노랑 참새야, 제비야. 우리 아버지, 몸 성히 잘 계시던?"

아침마다 사립문 앞 오동나무에 기대어 서라 하고는, 우리 작은 딸 얼마나 컸나 보자, 하며 나무껍질에다 눈금을 긋던 아버지. 밤, 대추, 으름, 산딸기 같은 것을 주머니에 넣어 와선, 선이야, 뒤꼍으로 와라, 불러내어 몰래 먹이던 아버지. 언문을 가르쳐 주고는 심청전, 별주부전을 사다 주던 아버지. 배워 두면 써먹을 데가 있을 거라며 목수 일을 가르쳐 주던 아버지, 아버지……. 그놈의 경복궁이 대관절 무엇이기에 아버지는 이태가 넘도록 한양 땅에 붙들려 계시는 걸까?

바구니가 가득 찼다. 선이는 강가로 내려가, 푸푸, 세수부터 하고 나물을 씻었다. 쉬리, 금강모치, 어름치가 선이의 손목 주변에서 아른거렸다.

목재 창고에 큰불이 나서 공사가 무기한 연기되었다는 소식을 들었지만, 정 목수는 먼동이 틀 즈음부터 공사장에 나와 앉았다. 온 나라 방방곡곡에서 끌려온 부역꾼들이 풍기는 독한 땀내, 발고린내, 담뱃진 냄새가 진동하는 숙소에서 코 고는 소리, 이 가는 소리, 잠꼬대하는 소리를 들으며 뒤척뒤척 괴로워하느니 차라리 맑은 새벽 공기를 마시며 마음 맞는 사람들과 담소를 나누는 편이 좋아서였다.

"어깨며 허리며 안 쑤시는 데가 없군. 우리 작은딸아이가 두드려 주고 주물러 주고 밟아 주면 싹 나을 텐데. 녀석, 많이 컸겠지. 우리 큰딸은 이제 열여덟 살이 됐겠군. 이 년 전에 마지막으로 봤을 때도 처녀티가 확 풍겼으니 혼기가 꽉 찬 지금은 더하겠지."

강화도에서 온 마 서방이 말장단을 맞추었다.

"시집 보내야겠수. 올해 놓치면 노처녀 되겠구먼."

"그러게. 중매쟁이도 두루 만나고 내 손으로 오동장롱도 짜 주어야 하는데, 이러고 애먼 곳에서 허송세월하고 있다네."

"작은딸은 몇 살이우?"

"열여섯."

"그 아이도 이팔청춘이구려. 큰딸은 올해 치우고 작은딸은 내년에 치우면 되겠수."

"작은딸은……. 어쨌든 내가 얼른 고향으로 돌아가야 해. 마누라 혼자서 먹고살기도 힘든 판에 딸아이 혼사를 어떻게 치르겠어? 쥐꼬리만 한 노임이나마 허투루 안 쓰고 모아 두긴 했는데, 당최 사람을 놓아주질 않으니 원."

"아이고 형님. 그 장한 노임, 모아 봤자 새 발의 피요. 원납전*을 내야 풀려나든 말든 하지, 그거 모아 어느 세월에 고향을 가겠소? 차라리 중수 공사 끝나기를 기다리슈."

대원군은 백성들에게서 원납전을 거둬들이기만 할 뿐 팔도에서

---

* 구한말, 대원군이 경복궁 중수를 위해 백성들로부터 강제로 거두어들였던 기부금.

차출해 온 부역꾼들에게는 하루에 술 한 되 사 먹을 만큼의 돈밖에 주지 않았다. 정 목수는 긴 한숨을 쉬었다. 생각할수록 억장이 무너졌다.

과연 이 엄청난 공사에 끝이 있기는 있으려나. 공사장에서 죽어 나가는 부역꾼들도 많던데, 처자식을 다시 만나지 못하고 덜컥 죽어 버리면 억울해서 어쩌나.

정 목수 미간의 팔(八)자 주름에 짙은 그늘이 드리웠다. 경기도 죽산에서 왔다는 공 목수가 한마디 거들었다.

"형님, 또 자식 걱정하시오? 걱정해 봤자 아무 소용없어요. 다 제 팔자대로 살게 돼 있으니까. 아, 부모가 걱정한다고 자식이 잘될 것 같으면 세상 사람 중에 자식 농사 못 지을 사람이 없겠수다. 제기랄, 나는 자식놈 얼굴은 안 떠오르는데 마누라쟁이는 보고 싶어 미치겠수."

정 목수 역시 딸들도 딸들이지만 아내가 가장 그립고 염려스러웠다. 치맛자락을 접어 올리고 아우라지에서 다슬기를 줍던 처녀 시절의 아내. 그 곱던 처녀를 데려와 여태껏 호강 한 번 못 시켜 주었다. 아리랑 노랫말처럼 '곤드레만드레 늘어진 골에 당신은 나물 뜯고 나는 꼴 베며' 행복했던 신혼 시절은 잠시 잠깐, 아내는 아이들을 낳고 산후풍으로 골골거리더니 내내 약을 달고 살았다. 그 짠한 아내가 서방 없이 자식 둘 건사하며 어찌 살아 내는지……. 혹 서방 없는 설움을 선이한테 풀고 있지는 않은지…….

그때, 정선 땅에서 자주 보던 노랑 참새 한 마리가 정 목수의 눈

앞에서 파닥파닥 날갯짓을 했다. 정 목수가 벌떡 일어나며 반가워했다.

"이게 누구냐? 내 고향 노랑 참새 아니냐?"

공 목수가 괜스레 빈정거렸다.

"새가 새지, 고향 새는 무슨."

마 서방이 정 목수를 편들었다.

"객지에선 고향 까마귀만 봐도 눈물이 나는 법이야. 그 불길하다는 까마귀도 반가운 참에 노랑 참새가 왜 안 반갑겠나?"

공 목수와 마 서방의 대거리 따위는 귓등으로 흘려들으며 노랑 참새의 날갯짓을 안타깝게 따라가던 정 목수가 털썩 주저앉았다.

"안 되겠어. 무슨 수를 내야지. 도망이라도 치든가. 마누라가 많이 아픈 것 같아."

공 목수가 삐죽 입을 내밀고 빈정거렸다.

"거 참, 새 주둥이가 사람 말을 합디까?"

마 서방이 정 목수의 눈에 맺힌 눈물방울을 보고 공 목수의 소맷부리를 슬며시 잡아당겼다.

"도망쳐서 뒤탈이 안 날 것 같으면 나도 벌써 도망쳤소. 꽃 같고 달 같은 우리 색시, 보고 싶어 미칠 지경이거든. 하지만 그게 그렇지가 않은 거라. 내 한 몸이야 어디 금강산에라도 숨으면 그만이지만, 우리 홀어머님하고 색시는 당장 강화도 관아에 끌려가 치도곤을 당한다고. 형님은 안 그럴 것 같수? 형님이 여기서 내빼면 형님이 정선 도착하는 것보다 훨씬 빨리 정선 현감한테 그놈 잡아

올리라는 통기가 갈 거요. 형님이 애지중지하는 두 따님하고 형수님은 옥에 갇혀 초주검이 될 테지. 그런데도 도망을? 아서요."

마 서방 말이 맞았다. 도망쳐도 무탈하다면, 누군들 도망을 치지 않으리. 정 목수는 힘없이 고개를 끄덕였다.

공 목수가 미안한 맘이 들었는지 너스레를 떨었다.

"형님, 힘내시구려. 어쨌든지 힘을 내서 살아남아야 고향을 가도 가고 형수를 봐도 볼 것 아니오. 내가 경복궁 타령이나 한 자락 부를 테니 힘을 내오."

> 남문을 열고 파루를 치니 계명산천이 밝아온다.
> 에헤에 어야 얼럴럴 거리고 방아로다.
> 을축사월 갑자일에 경복궁을 이룩하세.
> 에헤에 어야 얼럴럴 거리고 방아로다.
>
> 에헤에 어야 얼럴럴 거리고 방아로다.
> 남산하고 십이봉에 오작 한 쌍이 훨훨 날아든다.
> 에헤에 어야 얼럴럴 거리고 방아로다.
> 우리나라 좋은 나무는 경복궁 중건에 다 들어간다.
> 에헤에 어야 얼럴럴 거리고 방아로다.

듣고 있던 마 서방이 입을 뗐다.

"제길, 팔도강산 정 맞은 돌과 크나큰 나무는 전부 경복궁 대들보로 들어가는데 어이하여 내 대들보로는 근심만 들어오는지. 이 보시오, 형님. 마음이 처량할 때는, 그저 아리랑이 좋습디다. 그 아리랑 가락은 말이오. 어릴 적, 뭔 일로 속상해서 울고 있으면, 아이고, 내 새끼, 울지 마라, 금쪽 같은 내 새끼 눈에서 눈물 떨어지면 어미 눈에선 피눈물 난다, 하시며 궁둥이 뚜덕뚜덕, 뚜덕거려 주시던 엄니 손바닥 같아요. 내 맘을 뚜덕뚜덕, 뚜덕거려 준다니까요. 그러니 형님, 넋 놓고 있지 말고 아리랑이나 좀 불러 주소."

공 목수가 거들었다.

"팔도 아리랑이 다 좋지만, 오늘 같은 날엔 정선 것이 좋습디다."

정 목수가 제 거친 손바닥을 한참 들여다보다, 크으, 목을 골랐다.

> 강원도 금강산 제일가는 소나무
> 경복궁 대들보로 다 나가네
>
> 강물은 돌고 돌아서 바다로 가건만
> 나는야 돌고 돌아서 어데로 가나
>
> 서산에 지는 해야 지고 싶어 지느냐
> 처자식 두고 떠나올 적에 오고 싶어 왔느냐

정선의 옛 이름은 무릉도원 아니더냐
무릉도원 어데 두고 타향살이 몇 년이냐

아리랑 아리랑 아라리요
아리랑 고개고개로 날 넘겨주게

옷만 바꿔 입으면 영락없는 사내거든

정이는 사립문을 나서자마자 다리에 힘이 풀려 허청허청했다. 솔수펑이 너머 약국집에 가서 외상 약 지어 달라고 떼를 쓰느니 아우라지에서 하루 종일 빨래를 하는 편이 나았다. 몸이 힘든 것은 하룻밤 푹 자고 나면 풀리지만, 서럽고 불편한 마음은 열 밤을 자고 나도 풀리지 않는 법이다.

약을 달고 살아온 어머니는 약이 떨어지면 불안증에 잠을 이루지 못하다 끝내 헛소리를 하곤 했다. 부지런히 중매쟁이를 만나야 하는 어머니가 그 모양이니 정이로선 열 일 제치고 나서지 않을 수 없었다.

정이가 어깨를 축 늘어뜨리고 터덜터덜 걸어가는데, 고샅길 맞은편에서 안면 있는 떼꾼 둘이 시끄럽게 떠들며 다가왔다. 한양, 경복궁, 목재 창고, 큰 불……. 사달이 났음을 짐작하게 하는 말들이 정이의 귀에 들어왔다. 정이는 쿵쾅거리는 심장을 진정시키려

옷고름으로 앙가슴을 지그시 누르고는 떼꾼들에게 다가갔다.

"어르신, 경복궁에서 불났어요?"

"그게 아니고, 목재 창고가 홀랑 타 버렸다지?"

"그, 그럼, 사람이 다치지는 않았나요?"

정이는 저도 모르게 말을 더듬었다 .

"다행히 사람은 안 다쳤나 봐. 최상품 황장목이 몽땅 타 버리긴 했지만. 참, 네 아버지도 부역 가셨더랬지? 오랜만에 일 안 하고 쉬시겠구나. 목수가 목재 없이 일을 할 순 없으니까, 하하."

정이는 그제야 옷고름을 놓고 안도의 한숨을 쉬었다.

"아휴. 십년감수했네요. 정말, 나무가 다 타 버렸다니 공사를 중단할 수밖에 없겠군요. 지금 떼를 보내도 보름은 걸릴 테니까요."

"그러게 말이야. 대원위 대감께서 공사장 기강이 해이해졌다고 진노하셨다나 봐. 창고지기며 공사장 감독들이 줄줄이 하옥되었다는군."

"떼 값이 엄청 올랐겠네요. 어르신들은 떼돈 많이 버시겠어요."

떼꾼 둘이 마주 보며 벙긋거리고는 어깨동무를 했다.

"그래서 우리도 내일 새벽에 떼를 타려고. 내가 앞사공, 이 사람이 뒷사공이지. 새로 임명된 도편수*가 대원위 대감 눈치 보느라 똥줄이 타나 봐. 내일, 모레, 글피, 그러니까 사흘 안에 마포 나루까지 떼를 운반하면, 글쎄, 떼 값을 열 배로 쳐주겠다고 했대."

* 집을 지을 때 책임을 지고 일을 지휘하는 우두머리 목수.

"사흘 안에요? 열 배요?"

정이가 눈을 동그랗게 뜨고 물었다. 떼꾼들이 껄껄, 웃었다.

"사흘 안이면 열 배, 닷새 안이면 다섯 배를 준다는데, 요즘처럼 물도 많지 않은 때에 그게 가능하겠어? 뗏목이 무슨 물고기도 아니고. 안 돼, 도무지 말이 안 돼. 소문난 떼꾼이 물이 젤로 많을 때 나서도 이레는 통상 잡아먹는다고. 그런데 요즘 같은 강물에 우리 같은 조무래기들이 무슨 수로 사흘 안에 한양 도착을 하겠어? 떼돈 열 배 받으려다가 수십 년 일찍 죽지. 가뜩이나 이무기까지 나댄다는 요런 망측한 시기에 말이야. 아무리 떼꾼이 목숨 걸고 떼돈 버는 업(業)이라지만, 우린 그 정도 욕심은 내지 않을 작정이야. 그저 안전하게, 보름이 걸리든 한 달이 걸리든 안전하게 도착해서 늘 받던 대로만 받으면 된다고. 안 그런가, 자네?"

"그럼, 그렇고말고."

정이는 떼꾼들의 말을 귓등으로 흘려보내며 한 가지 생각에 골몰했다.

선이라면……. 웬만한 사내보다 큰 선이라면…….

"어르신. 한 번만 더 외상으로 지어 주시어요."

정이는 김 약국의 방문 앞에 선 채로 두 손을 모아 쥐고 고개를 조아렸다. 하지만 김 약국은 정이에게 눈길도 주지 않은 채, 곰방대로 놋재떨이만 딱딱 두드렸다.

"어르신, 약 안 지어 주시면 저, 여기 꼼짝 않고 앉아서 밤을 새울 작정입니다."

그제야 김약국이 정이를 돌아보았다.

"거 안 된다니까. 벌써 열댓 번이나 외상으로 약을 지어 갔지 않니. 사람이 염치가 있으면, 다만 얼마큼이라도 외상값을 갚은 다음에야 약을 지어 달란 부탁을 할 수 있는 법이야. 너도 한번쯤 생각을 해 보아라."

"어르신, 제가 한 번만 생각했겠습니까? 골백번도 더 생각했습니다. 골백번도 더 죄송스럽고 골백번도 더 낯 뜨겁고 그렇습니다. 하지만 아버지가 안 계시고 어머니는 앓으시니 자식 된 도리로 어찌 가만히 앉아 돌아가시기만 기다리겠습니까? 지금 당장은 못 갚아도 제가 살아 있는 한, 뼈가 가루가 되더라도 일해서 갚을 터이니 제발 한 번만 더 외상을 주십시오."

"좋다. 딱 한 번이렷다!"

김약국이 종이 한 장과 붓을 내밀었다.

"네 정성이 가상하니 내, 너를 믿고 한 번만 더 외상 약을 지어 주마. 하지만 외상은 이것으로 끝이니라. 말로 해선 안 될 듯하니 이제 문서로다 약조를 하자. 각서를 써라."

"각서요?"

"놀라긴. 올 중복(中伏)까지 밀린 약값을 못 갚을 시, 내 집 며느리가 되겠다고 써라. 맨 밑에다 네 이름 쓰고 이 붉은 인주로 지장 찍고."

"예?"

생각지도 못한 얘기였다.

이 영감이 나를 뭘로 보고?

정이는 피가 나도록 입술을 깨물었다. 가슴이 찌르르 아프고 눈물이 쏟아질 듯했다. 뜬금없이 유천리 금동이 총각 생각이 났다.

김 약국집 외아들이라면 포악한 성격으로 악명이 자자한 사내였다. 더구나 아내를 의심하고 때리는 고질병이 있어 이미 두 아내가 제명에 못 살고 목을 맸다. 근자에는 김 약국조차 아들을 포기하고 호적에서 파 버렸다는 소문이 돌았고 아무도 딸자식을 김 약국네 며느리로 보내려 하지 않았다.

그러나 실상 김 약국은 그 모든 일이 며느리들 탓이라 여겼다. 며느리들이 칠칠치 못하여 서방 비위를 못 맞추고 쓸데없이 의심을 샀다고 철석같이 믿었다. 그런 김 약국의 눈에, 정이는 더할 나위 없는 며느릿감이었다. 인물과 솜씨가 좋은 데다 효성마저 갸륵하니 시집오면 시부모도 지극정성으로 모실 터였다. 집안이 격에 맞지 않고 가난하다는 흠 정도야 제 자식 흠을 감안하면 얼마든지 눈감아 줄 수 있었다.

만약 저 아이가 아들놈 마음을 잡아 알토란 같은 손자라도 줄줄이 낳아 주면…….

김 약국은, 그런 상상을 하다 저절로 벌어지는 입을 급히 다물고 정이를 노려보았다.

정이가 입을 열었다.

"말씀은 천만번 감사하오나, 처녀가 부모 허락 없이 제멋대로 혼사를 결정짓는다는 얘기는 들어 보지 못했습니다. 어르신께서는 그런 얘기를 들어 보셨습니까?"

김약국이 곰방대를 입에 물고 코를 쿵쿵거렸다. 할 말이 없었다.

"외상값은 외상값이고 혼사는 혼사지요. 설사 외상값으로 혼사를 갈음한다 치더라도 그 결정은 제 부모가 하는 것이지 제가 하는 것이 아닌 줄로 압니다."

김 약국이 헛기침을 했다. 낯빛에 불쾌스러운 기색이 가득했다. 어린 계집애에게 훈계를 당하는 꼴이 되었으니 그럴 만도 했다. 외상 약을 지어 주기는커녕 '게 누구 없느냐, 당장 저 계집년을 쫓아내라'는 말이 목구멍까지 올라온 판이었다.

정이가 말을 이었다.

"제가 비록 어리석은 계집아이지만, 어르신 입장을 헤아리지 못하는 것도 아닙니다. 약초 사들여야지요, 약방 머슴 새경 줘야지요, 어르신이 흙 파서 약 지으시는 것도 아니고 저처럼 외상 약만 지어 가는 객이 반가우실 리 있겠습니까? 그러니 지금 각서를 쓰고 지장을 찍겠습니다."

김 약국이 어리둥절한 눈빛으로 정이 하는 꼴을 지켜보았다. 정이가 가는 붓에 먹물을 찍었다.

"언문밖에 모르오니 언문으로 쓰겠습니다. 올 중복까지 약값을 갚지 못할 시, 정 목수의 여식 하나가 이 댁에서 종살이를 한다는 내용입니다. 만에 하나 저에게 사정이 생기면 제 아우라도 여기서 종살이를 시키겠습니다. 어떠신지요?"

 약 몇 재 지어 주고 어린 계집종을 얻는다? 장사로 치면 수십 배 남는 장사가 아닌가. 막상 중복이 닥치고 보면 부모 입장에서야 딸내미 종살이를 시키느니 시집을 보내겠지만, 그 또한 내가 바라는 터. 계집아이가 잔머리를 굴려 본들 결국 내 손바닥 안에서 노는 셈이렷다.

 김 약국은 흔쾌히 허락했다.

 "됐다. 지장을 찍어라. 약 지어 놓을 테니 이따 해질녘에 찾아가고."

 "이 은혜, 잊지 않겠습니다. 감사드립니다."

 정이는 허리를 꺾어 인사하고 뒷걸음질로 물러났다. 김 약국의 시야에서 벗어나자, 정이는 가슴이 답답하여 치마끈을 살짝 풀었다. 깊은 숨을 들이켜고 치맛말기를 겨드랑이 밑으로 바짝 추키는 정이의 손이 가늘게 떨렸다.

 정이는 옷궤에 고이 넣어 뒀던 아버지 옷을 꺼냈다. 아버지가 손수 짠 옷궤에서 아버지가 입던 옷을 꺼내는 마음이 싱숭생숭했다.

 선이가 물에 빠져 죽기라도 하면? 사내 흉내를 냈다고 관아에 잡혀가서 옥살이를 하면? 지금이라도 내가 약국집에 시집간다고 하고 선이를 주저앉힐까.

 정이는 그런저런 고민으로 저녁밥도 먹지 못했다. 정이가 부스

럭대는 소리에 초저녁잠을 깬 숙암댁이 돌아누우며 말했다.

"아버지 옷은 왜, 선이 입히려고?"

"예. 치마저고리에 장옷 걸치고 어떻게 천 리 길을 가겠어요?"

"옷이 맞기나 하겠니?"

"품은 괜찮은데, 기장이 맞지 않을 것 같아요. 천을 좀 덧대더라도 기장을 늘여 주려고요."

숙암댁이 끙, 하며 자리에서 일어났다.

"그 아이가 뱃속에 있을 때는 누가 뭐래도 사내아이였어. 잘되는 집안은 가지나무에 수박이 열린다더라만, 우리 집안은 꼴이 안 되려니까 다 생긴 사내아이가 포태 중에 계집아이로 뒤바뀌더라."

정이가 웃는 얼굴로 숙암댁을 타박했다.

"뱃속 아이가 사내인지 계집인지 어떻게 알아요? 이제 그런 말씀 다시 하지 마셔요. 아버지한테는 둘도 없는 작은딸이니까요."

숙암댁이 입을 삐죽거렸다.

"안 그래도 꿈에서 네 아버지 만났다. 아라리를 부르더구나."

정이가 아버지 옷 솔기를 조심스레 뜯었다.

"원체 아라리 좋아하시잖아요. 기분 좋을 때도 부르시고 슬플 때도 부르시고 힘들 때도 부르시고……."

문득 금동이 생각이 나서 정이는 얕은 한숨을 쉬었다. 금동이도 아버지처럼 아라리를 잘 불렀다.

"정이 너, 웬 한숨이냐? 금동이 총각 생각하니?"

정이가 화들짝 놀라며 고개를 저었다.

"아뇨, 아니에요."

숙암댁이 혀를 찼다.

"쯧쯧. 아니긴 뭐가 아니냐? 어제 너 약국집 간 사이에도 다녀갔다. 네 얼굴 한번 보려는지 집 주변을 한참이나 어슬렁거리더라. 아라리 가락 흥얼거리는 모습이랑 하는 짓이 네 아버지 젊었을 적 하고 똑같더구나."

숙암댁이 정이 쪽으로 바투 다가앉았다.

"아서라. 네 아버지 같은 사람 만나면 내 꼴 나느니라. 노래 잘하고 인정 많으면 무엇에 쓰니? 처자식 생고생밖에 더 시키던? 정이 너는, 땅 많고 돈 많고 힘도 센 서방 만나서 떵떵거리고 살아야 한다."

나도 자식 덕 좀 보고 살자, 라는 말까지는 못하고 정이 눈치를 보던 숙암댁이 잠시 뜸을 들이다 말했다.

"오늘 내가 머릿골이 빠개질 것 같은데도 기어이 중매쟁이를 만난 보람이 있었다. 저기 영월 천석꾼 집안인데 다른 거 안 보고 처녀 인물만 본다는구나. 정선 처녀 서넛을 보러 왔는데, 너한테 제일 마음이 간다더라."

천석꾼, 소리에 정이는 귀가 번쩍 뜨였다.

"아버지 없이 성사가 될까요?"

"걱정 마라. 선이가 아버지 못 모셔오면 삼척 작은아버지 불러오자꾸나. 조카딸을 천석꾼 집에 여의겠다는데 작은아버지가 안 도와주시겠니?"

정이의 입가에 떠오른 미소를 확인한 숙암댁이 문득 한숨을 쉬며 옷궤 옆 버들고리짝을 열었다.

"옛날부터 혼인하고 물길은 끌어대기 달렸다고 했느니라. 중매쟁이 역할이 그만치 중요하단 말이다. 에그, 나는 무슨 콩깍지에 씌어 중매쟁이 말을 안 들었던고……."

숙암댁이 고리짝 바닥에서 빨간 단풍 빛깔의 갑사댕기를 꺼냈다.

"네 아버지가 총각 때 나한테 준 댕기란다. 선이 편에 보내려무나. 정 많은 네 아버지, 이 댕기 보면, 날 본 듯이 보고 만지고 할 게다."

간밤, 강물이 통째로 뒤채며 성내는 소리가 아우라지를 뒤흔들었다. 안개 자욱한 그믐, 강가의 돌멩이 하나, 물풀 한 포기도 제 모습을 드러내지 않는 밤이었다.

선이는 꿈에서 그 밤안개 사이로 희뜩희뜩 끊임없이 꿈틀거리는 무엇을 보았다. 굵디굵고 길디긴 동아줄 같은 것이 제풀에 얽히고 설켜선 세상을 들었다 놓을 듯 요란하게 몸부림쳤다. 끝없을 성싶던 몸부림에 스스로도 지쳤던지, 마침내 동아줄의 매듭이 스르르 풀렸다.

안개와 어둠이 걷힌 새벽하늘에 해를 품은 붉은 기운이 번졌다. 선이는 찬 강물에 얼굴을 씻고 머리를 감았다. 무명 수건으로 감싼지만, 긴 머리채에서 물방울이 뚝뚝 떨어졌다. 선이는 고개를 젖히고 햇귀의 따스한 기운을 느끼려 눈을 감았다. 이윽고 눈을 뜬 순간, 선이는 홍조 띤 새벽 강물 속으로 사라지는 괴이한 동아줄 같은 것을 보았다.

뭐야? 아직까지 꿈속인 거야?

선이는 손바닥으로 두 뺨을 찰박찰박 때렸다. 하나도 아프지 않았다.

꿈속이구나. 이제는 눈 뜨고도 꿈을 꾸나? 하긴. 이 굽이굽이 흐르는 강줄기가 이 강물 퍼먹고 사는 뭇사람한테는 하늘에서 내려준 동아줄 턱이니까. 어쩌다 동아줄이 보일 수도 있는 거지, 뭐.

선이는 치마를 돌돌 걷어 올리고 강변에 주저앉았다.

아우라지 강변의 풀이 꽤나 짙푸르러져 있었다. 이제 곧 산나물들도 쇠어서 나물죽으로 연명하기도 어려워질 테다. 다른 집들은 논이 있고 밭이 있어서 거기서 갖은 작물이 나겠지만, 선이네는 땅 한 뙈기 없는 가난한 살림……. 그래도 아버지가 목수 일을 할 때는 그다지 궁상스럽지 않게 살림을 꾸릴 수 있었다. 아버지 없이 살아온 이 년 동안은, 정이 혼수 비용으로 모아 두었던 돈을 털고 아버지가 쌓아 둔 신용에 힘입고 동네 사람들의 인정에 호소하여 겨우겨우 버텨 왔다.

하지만 더는 안 돼. 어쩔 수 없어. 언니 말대로 하는 수밖에.

강바람이 서늘했다. 젖은 머리칼이 바람에 나부끼며 선이의 눈을 찔렀다. 선이는 손바닥으로 이마를 쓸어 올렸다. 배가 홍등처럼 붉고 환한 딱새가 굴참나무 가지 위로 날아와 앉았다.

"딱새야. 너는 내 마음 알지?"

삐리리리 삐비비. 안다는 건지 모른다는 건지.

"나, 떼를 타 볼까 해."

삐, 삐, 삐.

"여자는 태워 주지 않을 거라고? 그거야 당연하지. 여자는 재수 없다고 뗏목 근처에 얼씬거리지도 못 하게 하니까."

선이가 눈썹을 찌푸리고 입술을 앙다물었다.

"그런데 나는 말이야……. 옷만 바꿔 입으면 영락없는 사내거든……."

애써 웃으며 말은 해도, 선이 역시 걱정이 되지 않을 수 없었다.

이골이 난 떼꾼들도 선뜻 나서지 못하는 일을 내가 할 수 있을까? 줄배는 타 보았지만 뗏목이라곤 타 본 적도 없는 내가?

"딱새야. 나, 할 수 있겠지? 할 수 있다고 말해 줘."

딱새는, 자꾸 말 거는 선이가 귀찮았던지, 날개를 펼치고 포르르, 떠오르는 햇덩이를 향해 날아가 버렸다.

소 한 마리는 거뜬히 살 수 있다는 떼돈, 그 떼돈의 열 배를 받는다면……. 약국집 외상값부터 갚고 동네에 빚진 양식도 갚고 아버지 원납전도 내드리고……. 밭도 좀 살 수 있을까? 밭이 있음 조도 심고 메밀도 심고 감자랑 고구마도 심을 텐데. 옥수수도!

아냐. 한 달 이내라도 무사히 한양에 당도하기만 한다면……. 열 배는 아니라도 떼돈을 받을 거고 아버지도 만날 수 있잖아. 언니 말이 옳아. 가만히 앉아서 나는 종살이를 가고 어머니는 병들어 돌아가시면 나중에 무슨 면목으로 아버지를 볼 거야?

"선이야, 일어나. 나루터에 떼꾼들이 모이고 있어."

정이가 문지방을 짚은 채로 선이를 깨웠다. 선이는 미동도 하지 않았다.

"얼른 일어나라니까."

정이가 방 안으로 들어와 물 묻은 손으로 선이 엉덩이를 흔들었다. 선이가 후닥닥 일어나며 불뚝성을 냈다.

"왜 남의 엉덩이에 손을 대?"

정이가 어처구니없다는 낯꼴로 내씹었다.

"얘는. 내가 네 오라비야, 남동생이야? 여자 동기간에 엉덩이 좀 만지면 어떻다고."

도대체 너한테는 정을 주려고 해도 줄 수가 없어. 딴 집 동기간을 봐. 한 이불 덮고 잠자고 목욕이든 뭐든 같이하면서 정을 쌓지 않던? 너는 뭐니? 무슨 계집애가 언니한테 내외를 하고 난리야?

정이는 더 쏘아붙이고 싶은 마음을 억지로 가라앉혔다.

내가 참아야지. 남장하고 떼꾼 가는 마음이 어떻겠어?

제가 해 보겠습니다

열브스름한 햇귀가 검푸른 밤기운을 채 거둬 가지 못한 어둑새벽, 아우라지 나루터에서는 목상 지 씨가 십 년 이상 뗏밥을 먹은 노련한 떼꾼들을 모아놓고 속내를 떠보고 있었다.

"어이, 김덕만이. 자네가 한번 해 보지? 십오 년 떼꾼질에 황새여울, 된꼬까리에서 돼지우리* 한 번 치지 않은 실력이면, 사흘은 무리여도 닷새는 가능하지 않을까? 닷새만 해도 다섯 배를 얹어 준다는데, 어떤가?"

김덕만이라 불린 떼꾼이 손사래를 쳤다.

"아서요. 장마철도 아니고 봄 강물에 무슨 수로 닷새 안에 갑니까? 닷새 안에 가면 그게 귀신이지 사람인가? 안 그래, 송수동이?"

---

* 떼가 바위에 걸려 앞으로 나아가지 않고 제자리에서 빙빙 도는 모습을 가리켜 '돼지우리 친다'고 한다.

"암만. 두말하면 잔소리지."

송수동이라 불린 이가 큰소리로 대답하며 체머리를 흔들었다. 지 씨는 둘러선 떼꾼들 하나하나와 눈을 맞추었다. 그들 모두 눈빛이나 고갯짓으로 김덕만, 송수동에게 동의하고 있었다.

지 씨는 쩝, 입맛을 다셨다. 사흘 안, 닷새 안에 떼를 운반하면 자신에게도 평시보다 열 배, 다섯 배의 수익이 떨어지는 터라, 떼꾼들이 목숨 걸고 나서 주기를 바라는 마음도 없지 않았다. 그러나 아무도 나서지 않는 사정 또한 너무나 잘 이해할 수 있었다. 지 씨가 막 체념을 하려는 찰나였다.

"제가 해 보겠습니다. 제가 사흘 안에 한양까지 떼를 운반하겠습니다."

귀에 선 목소리였다. 지 씨와 떼꾼들의 눈길이 일제히 목소리의 주인공에게로 쏠렸다. 사내가 목상 앞으로 나섰다. 걸음새가 제비처럼 날랬다. 그가 옆에 있는 줄도 몰랐던 떼꾼들이, 이건 또 뭐야, 구시렁거렸다.

여명에 얼굴을 드러낸 사내는, 덩치는 누구 못지않게 훤칠했으나 턱수염도 나지 않은 총각아이였다. 떼꾼들은 눈이 휘둥그레졌다가 곧바로 웃음을 터뜨렸다.

"이봐, 총각. 돈에 눈멀어 떼 탔다가 제명에 못 죽은 초짜들이 한둘이 아니라네. 일찌감치 저승 구경 하고 싶지 않으면 집에 가서 엄니 젖이나 더 먹는 게 좋을 거야."

"어이, 주막에 가서 색시들 심부름이나 하셔. 색시들이 귀여워해

줄 거야. 용돈도 듬뿍듬뿍 줄 테고. 아무렴 떼 타는 거보다야 그쪽이 더 쏠쏠하겠지? 킬킬."

"아하하. 그러게 말이야. 이보게, 총각아, 떼는 뭐 자네 혼자 타는 건 줄 알아? 누가 자네 같이 풋내 나는 초짜랑 떼를 타려고 하겠어? 아, 혹시 모르지. 마누라 없는, 저기 저, 황 서방은 같이 타 줄지. 어이, 황 서방, 어때? 생각 있어?"

황 서방이라 불린, 구레나룻이 시커먼 사내가 너털웃음을 웃으며 대꾸했다.

"허, 그것 참. 사내자식이 눈도 굵고 입도 크네그려. 남사당패를 하면 색시 역은 따 놓은 당상이겠어. 으하하하."

떼꾼들의 비웃음과 조롱이 이어지자, 선이는 다급해졌다.

"아무도 안 데려가 주시면 저 혼자서라도 해 보겠습니다."

떼꾼들이 낯꼴을 일그러뜨렸다. 혼자서 떼를 타겠다니 무슨 소리를 하는 거야, 떼에 대해서 정말로 아무것도 모르는 녀석이잖아, 이거 어디서 굴러 온 개뼈다귀야, 하는 얼굴이었다. 여차하면 달려들어 두드려 패기라도 할 기세였다. 언제 죽을지 모르는 위험한 일을 하는 사람들인지라 떼꾼들은 동료에 대한 마음이 남다른 대신 낯선 이에 대한 경계심도 컸다.

지켜보던 목상 지 씨가 입을 떼었다.

"자네, 이 근방에서 한 번도 못 본 총각인데 어디 출신인가?"

선이는 심장이 오그라드는 것 같았다. 작은아버지가 터 잡고 사는 삼척 하장이 떠올랐다.

"저, 워, 원래는 삼척 하장 출신인데, 부모 잃고 소금 장수 손에 이리저리 떠돌다가, 평창에도 갔다가 울진에도 갔다가 저, 정선으로……."

송수동이란 자가 선이에게 달려들어 멱살을 움켜잡았다.

"근본이 의심스러운 놈이네, 이거. 혹시 목상 어르신한테 여비만 받아 챙기고 떼는 중간상인한테 팔아먹는 떼 도둑놈 아니야? 응? 도둑놈 아니냐고!"

"아, 아니에요. 아니에요."

선이는 송수동에게 멱살이 잡힌 채 당황하여 고개만 절레절레 흔들었다.

"떼에 대해 뭣도 모르는 녀석이 무슨 생각으로 사흘 안에 한양엘 가겠다고 허언을 했느냐? 한 번이라도 떼를 타 본 적이나 있었더냐?"

목상 지 씨의 나지막한 음성에 노기가 깔려 있었다. 선이는 송수동의 손아귀에 대롱대롱 매달린 채로 어찌할 바를 몰랐다.

어떡하지? 떼를 타기도 전에 쫓겨나겠어.

그때였다.

"이봐! 여기서 왜 이러고 있어? 한참 찾았잖아."

어디선가 나타난 사내가 장롱에서 옷 꺼내듯 송수동의 손아귀에서 선이를 달랑, 들어내었다. 사내는 어떤 떼꾼보다도 크고 건장했다. 어글어글 잘생긴 이목구비도 시선을 끌었다. 송수동은 귀신에게 홀린 듯, 제 빈 손과 사내를 번갈아 바라보았다. 지금껏 팔

씨름으로는 누구한테도 져 본 적이 없을 정도로 손아귀 힘이 셌던 터라 달랑 선이를 뺏긴 게 어리둥절한 눈치였다.

"목상 어르신, 소인은 영월 사람으로 떼는 오 년을 탔습니다. 비록 십 년 떼꾼의 경험에는 미치지 못할지라도 힘이 좋고 물길을 잘 안다는 말을 들었습지요. 이 총각아이 또한 떼를 탄 경험은 없어도 물과 친하고 소인과 호흡이 잘 맞습니다. 소인이 앞사공으로 물말기를 타고 이 총각아이가 뒷사공으로 제 보조를 맞춘다면, 사흘 안 한양 도착도 불가능하다고만은 볼 수 없을 것입니다. 부디 저희 두 사람에게 떼를 맡겨 주십시오."

지 씨가 큼큼, 목을 고른 뒤, 말했다.

"일면식도 없었던 사이에 무얼 믿고?"

"돌아가신 규 자(字), 환 자(字) 사공 밑에서 떼를 탔다고 해도 믿지 못하시겠다면 할 수 없지요."

지 씨가 눈을 부릅떴다. 규환이라면 비록 몇 해 전에 황새여울에서 물귀신이 되긴 했어도 살아생전 귀신 같은 재주와 요령을 선보인 까닭에 떼꾼들 사이에서는 전설로 회자되는 인물이었다. 지 씨한테는 육촌 일가이기도 했다.

"혹 믿어 주실 의향이 있으시면 소인이 떼를 타고 아우라지에서 한바탕 미욱한 재주를 선보일까 합니다."

지 씨가 그러라는 뜻으로, 오른팔을 들어 강물 쪽으로 뻗었다.

떼는 칡넝쿨과 새끼줄로 소나무 스무 개 정도를 엮어서 한 동으로 삼고 이것을 또 대여섯 동 내외로 묶어 한 바닥을 만들었다.

그레[*] 가 떼 위에 놓여 있었다.

　사내는, 물 위로 솟구치는 돌고래처럼 휘영청 나루에서 뛰어올라, 붉은 해당화 꽃잎에 내려앉는 푸른부전나비처럼 가볍게 뗏목 위에 올라탔다. 그레질을 하는 사내의 움직임은 물 흐르듯 유려했고 때로는 강릉 기생의 춤사위처럼 아름다웠다. 뗏목 끄트머리에서 끄트머리로 옮겨 가며 기기묘묘한 걸음새로 중심을 잡을 때는, 말을 타고 마상술을 부리는 사람 같기도 했다.

　떼꾼들은 말을 잃었다. 선이 역시 정신이 하나도 없었다.

　이윽고 지 씨가 침묵을 깼다.

　"자네 성은 무엇이고 이름은 무엇인가?"

　"천가입니다. 이름은 용이고요. 천용입지요."

　"그래, 용이. 인연을 맺게 되어 반가우이. 내, 사흘은 바라지도 않으니 닷새, 아니 이레 안에라도 어떻게 해 보게나."

　곧 돼지머리를 한가운데 두고 고사리나물, 곤드레나물, 호박나물 각 한 접시, 메 세 그릇, 포 하나, 빨갛고 파랗고 허연 실타래를 놓은 고사 상이 나루터에 차려졌다.

　아낙네들은 음식만 해다 바치고 자리를 떠야 했다. 떼꾼들이 엄숙한 표정으로, 타작마당에 날아드는 참새 쫓듯, 훠이훠이, 아낙

---

* 뗏목을 몰 때 노(櫓)처럼 이용하는 도구.

네들을 몰아냈다. 강치성 드리는 자리에 여자가 있으면 부정을 탄다고 믿었기 때문이다.

선이는 그런 모습이 우스웠다.

그렇담 음식도 남자들이 마련할 일이지. 음식은 여자 손으로 만들게 하고 제사 드릴 땐 부정 탄다고 쫓아내는 꼴이라니, 웃겨. 아우라지가 왜 아우라진데? 물소리 콸콸 세차고 물살 빨라서 남자 강이라는 송천, 졸졸졸 부드럽게 흘러 여자 강이라는 골지천, 두 갈래 물이 만나 한데 어우러지는 물이라서 아우라지잖아.

제관으로서 두루마기까지 정식으로 갖춰 입은 지 씨가 고사 상 앞에 섰다.

"떼를 타기 전에는 이 강치성을 지극정성으로 올려야 하네. 안 그럼 물귀신한테 잡혀가지. 어쩌면 장 서방처럼 이무기 밥이 될지도 모르는 일이고. 몸가짐 바로 하고 마음가짐은 더더욱 똑바로 하게들."

선이와 용이는 지 씨가 시키는 대로 옷깃을 여미고 바지춤을 추스른 후, 얌전히 절을 했다. 지 씨가 여러 번 목을 고르고 제문을 읽었다.

"유세차 불계부정 택일하여 홍동백서 좌포우혜 외적내통 진설하고 소질발원 하나이다. 동해갑을 용왕신 남방병정 용왕신 서방 경신 용왕신 북방임계 용왕신, 소례로 드린 정성 대례로 받으시고 아우라지를 출발하니 아우라지 밑 상투비리, 읍내 지나 왕바우서리, 경금산 밑 범여울, 영월 들어 황새여울, 여울 지나 된꼬까리,

덕포 다 와 제남문, 여울여울 굽이지나 무사하강을 비나이다, 무사하강을 비나이다."

지 씨 집 머슴이 들고 있던 불붙은 나무 꼬챙이를 지 씨 쪽으로 기울이자 지 씨가 다 읽은 제문을 불에 태워 바람에 날렸다.

"자, 강치성도 올렸으니 이제 출발하게. 한시가 급하네. 우선 이걸 받게."

지 씨가 용이에게 재목의 이름과 숫자가 적힌 발기와 여비가 든 광목 주머니를 건넸다.

"덕포 나루 강주인*이 두어 바닥 이어 붙일 게야. 거기서도 발기를 적고 여비 단단히 챙기게."

"네, 명심하겠습니다, 어르신."

용이는 능숙한 솜씨로 떼 위에 깔판을 깔고 밥 지어 먹을 화덕을 실었다. 선이도 용이를 도와 양식과 찬거리를 날랐다. 정 목수를 도와 떼를 날라 본 일은 있어도 타 보기는 처음인 선이는 가슴이 두근거렸다.

용이라는 저 사내, 누군지는 모르지만, 자기도 떼돈이 필요했으니 이 자리에 나타났겠지. 어쨌든 나한테는 은인인 셈이군. 정신 똑바로 차리고 저이를 도와 한양에 가는 거야.

---

* 상인의 물건을 대신해 팔아 주거나 거간하던 중간상인.

황새여울 된꼬까리 무사히 다녀가셨나

 창과 방패를 번갈아 세워놓은 듯 둥글삐죽한 정선의 산들이 얽히고설켜 선이와 용이가 탄 뗏목을 앞뒤좌우 호위했다. 떼를 타고 보는 산은 들에서 보는 산과 달랐다. 흐르는 물에서 올려다보니 산과 산 사이가 마치 손바닥 세 뼘처럼 가까워 보였다.
 산에 몸을 맡기고 산의 품을 따라 흐르는 물, 물에 몸을 맡기고 물의 손길에 노니는 떼, 떼에 몸을 맡기고 떼의 길을 여는 인간…….
 용이는 여울도 두려워하지 않았고 암초에 부딪히거나 돼지우리를 치지도 않으면서 능수능란하게 떼를 다루었다. 그를 바라보며 말 붙일 기회만 노리던 선이가 마침내 침묵을 깼다.
 "저……. 용이 형님. 저는 아까 형님 이름을 들었는데 형님은 제 이름을 모르실 듯해서요. 제 이름은 선, 착할 선(善)자 써서 선이라고 합니다."

"어, 선이!"

용이가 선이를 돌아보며 싱긋 웃었다.

"저, 그게 말이지요. 이젠 목상도 떼꾼도 없고 하니 말씀해 주셔도 될 것 같아서요. 형님은 도대체 어디 사는 누구시고 저를 언제 보았기에 갑자기 나타나서 저를 도와주신 건가요? 저야 형님 덕에 떼를 탔으니 고맙기는 하지만, 도와주신 연유가 궁금해 참을 수가 있어야지요."

용이가 코대답도 하지 않자, 선이가 재촉했다.

"형님!"

그새 배짱이 늘고 넉살도 좋아진 듯 목소리도 우렁찼다.

사내 옷을 입어 그런가?

선이 스스로도 제 모습이 놀라웠다. 말끝마다 계집아이가 어쩌고저쩌고 하는 어머니와 아주머니들 앞에서는 꾹 다물렸던 말꼬가 용이 앞에서는 이내 터지다니……. 마치 아버지 앞인 듯, 선이는 용이가 처음부터 편하고 정이 갔다.

"나도 떼를 타야 하는데 마침 짝이 없기에……. 서로 도우면 좋지 아니한가."

속 시원한 대답은 아니었지만, 선이는 고개를 끄덕거렸다.

"저는 성이 정가라서 정선이에요. 정선 사람이 이름까지 정선이니 좀 우습지요. 형님은 영월 분이시라고요? 부모님과 함께 살고 계신가요? 저는 어머니가 계시긴 한데 늘 앓으시고 아버지는 경복궁 짓는 데에 부역 가셨답니다. 이번에 한양 가면 경복궁 공사장에 가서 아버지를 만나려고요. 형제는 많으신가요? 저는 형제 많은 사람이 제일 부러워요. 저는 언니, 아니 누님, 누님 하나밖에 없거든요."

용이는 선이의 질문 세례에도 빙그레 웃기만 할 뿐, 입을 떼지 않았다.

깎아지른 기암절벽이 맑고 푸른 동강 물결에 비쳐 열두 폭 병풍을 펼쳐 놓은 듯했다. 신기하고 아름다운 풍경이었지만, 언제까지고 떼에 앉아 그 풍경만을 바라보는 일은 금세 지루해졌다. 선이는 용이에게 또 말을 걸었다.

"형님은 떼돈 버는 거 말고 다른 볼일이 있어서 한양에 가시나요? 저는 떼돈보다 아버지 만나는 게 더 급하답니다. 아버지가 오래 집을 비우시는 바람에 집안 꼴이 엉망이거든요. 떼돈으로 원납전을 내서 아버지를 모셔 올 수 있으면 제일 좋고, 그게 안 되면 제가 아버지 대신 부역을 살려고 하는데, 제 마음대로 될지는 모르겠어요."

용이가 제 말을 듣건 말건 선이가 말을 이었다.

"아우라지 밑 상투비리, 읍내 지나 왕바우서리, 경금산 밑 범여울이랬으니까 이제 곧 범여울이겠네요. 형님, 범여울이 왜 범여울인지 아세요?"

용이는 여전히 말이 없었다. 선이는 용이의 뒤통수에 그리운 아버지 얼굴을 그려 보았다. 아버지라면 젊었을 적 태백산에서 범 만난 얘기, 함백산에서 삵 만난 얘기를 시간 가는 줄 모르고 늘어

놓았을 텐데…….

"요즘엔 하도 사냥꾼들이 많아서 범이 없지만, 옛날에는 정선에도 범이 많았대요. 그 시절에 올망졸망한 새끼 둘을 데리고 사냥을 나온 어미 범이…… 사냥감이 많은 건너편 산으로 가려면 여울을 건너야 하는데……."

세찬 여울물 소리가 선이의 목소리를 우썩우썩 집어삼켰다.

"새끼들이 제 발로 건너기에는 물살이…… 새끼들은 잠시도 제 어미한테서 떨어지지 않으려 하고…… 결국 어미는 작은놈 머리에 돌을 얹어 두고 큰놈만 입에 문 채, 풀쩍풀쩍 여울을…… 다 건너서는 큰놈을 돌로 눌러놓고 작은놈을 데리러…… 그런데 그 사이에 작은놈이 돌에 눌려 죽어 있는 거예요. 정신없이 건너편으로 되돌아가 보니 큰놈 역시나 돌에 눌려 숨통이…… 졸지에 새끼 두 마리를 다 잃은 어미 범이 밤마다 여울에 나타나선 미친 듯이 울부짖어……."

범 울음처럼 우렁차고 소름 끼치는 여울물 소리에 귀청이 터지는 듯하여 선이는 말을 잇지 못했다. 귀가 먹먹한 것은 그렇다 치더라도 가슴까지 먹먹한 것은 이상한 일이었다.

선이는 울음을 참는 아이처럼 주먹을 부르쥐었다.

울부짖어, 울부짖어…….

울부짖음이 속삭임 정도로 잦아들 때까지 선이는 주먹을 펴지 못했다.

천천히 주먹을 펴면서, 선이는 생각했다.

내가 죽으면 우리 어머니도 우실까? 어미 범처럼 울부짖지는 않더라도 눈물 한 방울은 흘려 주실까? 아니, 아니야. 천하에 쓸모없는 계집애, 잘 죽었다고 하시겠지. 외려 기뻐할지도 몰라. 지지리 없는 집구석에서 밥도둑 하나 없어졌다면서.

떼는 영월로 접어들고 있었다. 거짓말 같은 고요가 떼를 감돌았다.

이번에는 용이가 침묵을 깼다.

"좀 있으면 황새여울인데, 무섭지 않으냐?"

선이가 실쭉하니 대답했다.

"무서워도 어쩔 수 있나요……. 죽기밖에 더할까요…….."

용이가 그레질을 멈추고 선이를 물끄러미 돌아보았다. 선이는 당황해서 허리를 곧추세웠다.

용이가 고개를 돌리고 그레질을 계속하며 말했다.

"노래나 한 자락 해 보든지. 정선 사람들은 기쁠 때나 슬플 때나 아라리를 부르더군."

선이가 수굿이 받아들였다.

"그건 그래요. 죽으나 사나 아라리를 부르죠, 정선 사람들은."

"죽으나 사나?"

"그렇죠."

"성날 때나 무서울 때도?"

"예."

"누가 미울 때도?"
"당연하죠."
"무언가를 간절히 원할 때도?"
"그럼요."
"좋아. 불러 보렴."
"떼꾼 집 아주머니들이 부르는 아라리, 불러 볼게요."

    우리 집의 서방님은 떼를 타고 가셨는데
    황새여울 된꼬까리 무사히 다녀가셨나

    오늘 갈지 내일 갈지 뜬구름만 흘러도
    팔당주막 들병장수*야 술판 벌여 놓아라

    술 잘 먹고 돈 잘 쓸 적엔 금수강산이더니
    술 못 먹고 돈 떨어지니 적막강산일세

    아리랑 아리랑 아라리요
    아리랑 고개고개로 나를 넘겨주게

"형님도 술 좋아하세요?"

---

* 이곳저곳 돌아다니며 술을 파는 여자.

"응?"

"형님도 들병장수 찾아다니고 그러시냐고요."

"글쎄."

용이가 건성으로 대꾸했다. 방금 잠에서 깨어난 사람처럼 몽롱한 목소리였다.

황새여울이 가까워 오는지 물살이 점점 세졌다. 그럴수록 용이는 떼와 한 몸이 된 듯 물말기를 잘 잡아 물살에 몸을 맡기기도 하고 물살을 거슬러 휘어잡기도 했다.

"선이야, 강다리* 잡아라!"

"네? 네!"

"선이야, 물 밑에 바위 있다. 돼지우리 치지 않게 사알살, 여엉차!"

선이는 용이가 시키는 대로 강다리를 잡고, 떼가 바위에 부딪히지 않도록 그레를 뗏목 밑으로 넣어 들썩거렸다. 이마와 콧등에 땀방울이 송골송골 맺혔다.

가수리에 이르자, 수량(水量)이 두 배로 불었다. 떼에 속도가 붙었다.

"용이 형님, 진짜로 귀신같이 물길을 잘 아시네요."

---

* 뗏목에 그레를 걸기 위한 가위다리 모양의 도구.

"귀신 처음 보았나? 귀신 중에서도 물귀신인데."

물귀신?

목덜미가 선뜩하여 선이는 제풀에 어깨를 오므렸다. 팔뚝에 소름이 오스스 돋았다.

"설마!"

선이는 고개를 흔들고 눈을 힘껏 감았다가 떴다. 강물이 금빛 비늘을 반짝거렸고 산들바람이 귓전을 스쳤다. 용이의 농담에 보기 좋게 걸려들었다는 생각이 들었다.

"물귀신이면 물 좋아하시겠네요?"

선이가 손바닥으로 강물을 떠서 용이 쪽으로 튀겼다. 용이가 입은 흰 무명 바지의 허벅지 쪽이 물에 젖었다. 젖은 부분이 순식간에 검푸르접접한 이끼 빛깔로 변했다.

"형님……?"

놀란 선이가 무릎걸음으로 용이에게 다가갔다.

"저리 가지 못할까?"

용이가 버럭 화를 냈다. 선이의 목이 자라처럼 움츠러들었다.

"한 번만 더 그런 장난을 치면 다음 나루터에 너를 내려놓고 갈 것이다. 알겠느냐?"

용이의 표정과 목소리는 얼음처럼 차가웠다.

"며……명심하겠습니다."

선이는 그 정도 장난도 받아 주지 않고 너무 심하게 야단치는 용이가 섭섭하고도 의아했지만, 무조건 빌었다. 한양에 가려면 어쩔 수 없었다.

얼김에 부아통을 터뜨린 용이도 마음이 편치는 않았다.

선이야, 좁은 땅에 갇혀 살다 너른 세상으로 나오니 자유롭고 당당한 네 본디 마음이 조금씩 활개를 펴는 게지. 내 어찌 그 마음을 귀히 여기지 않으랴. 하지만 너는 네 여정을 완수함으로써 돈오(頓悟)를 얻어야 하고 나는 네 도움을 얻어 내 본디 형상을 찾아야 하는 바…… 그때까지는…… 그때까지는…….

입 다물고 그레질을 열심히 하다 보니 허기가 졌다. 선이는 구럭을 꺼내 찐 고구마를 꺼냈다. 그러곤 기어들어가는 목소리로 용이를 불렀다.

"저어, 형님. 형님도 좀 드시지요. 아까 새벽에 아우라지에서 챙겨 온 건데, 뜨듯하진 않아도 달짝지근해서 먹을 만하네요."

"난 안 먹는다. 너나 많이 먹어 두어라."

용이가 딱 잘라 거절하자, 선이는 고개를 갸웃거렸다.

우리 아버지는 삼시 세끼를 다 챙겨 잡숫고도 새참 없이는 일을 못 하시는데……. 꼭두새벽부터 떼를 타서 한나절이 지났으니 벌써 두 끼를 거푸 굶은 폭이거늘, 저 덩치는 황소 같은 양반이 어찌 배가 안 고플꼬. 내가 하도 미숙하고 어리석으니 뱃속이라도 든든히 채우라고 양보하시는 게지.

선이는 저 혼자 입을 다시는 게 못내 미안했다. 이번에는 먹기 좋도록 껍질까지 벗긴 고구마를 용이에게 들이밀었다.

"이게 물고구마라 목도 안 막힌답니다. 다만 한 개라도 드셔……."

선이가 말을 맺기도 전에 용이가 물리쳤다.

"거 참, 싫대도 그러는구나."

"밑장이 수상해."

고구마 때문에 실랑이를 벌인 뒤로 귀찮은 듯 입을 다물어 버렸던 용이가 한참만에야 입을 뗐다.

"밑장이요? 어떻게요?"

용이는 선이의 물음에 대꾸도 하지 않고 강변에 떼를 댔다. 아니나 다를까 떼의 밑장이 후줄근하니 풀려 있었다.

"형님, 어쩌죠?"

"아까 암초에 긁힌 모양이다. 미리 알아채서 다행이야. 이런 떼로는 황새여울에서 산산조각으로 부서지고 말지."

용이는 이런 일에 대비하여 가지고 있던 칡넝쿨로 나뭇동을 새로 꽁꽁 얽어매고 동여맸다. 선이도 서투른 솜씨나마 용이를 도왔다. 손바닥에 꽤 깊은 생채기가 났지만, 신음 소리 한 번 내지 않았다.

"이제 곧 황새여울이야. 동강, 서강에서 내려온 물귀신들이 여기서 뭉쳐 하나로 일어서지. 조심해야 해."

"네, 형님."

그때, 뒤따라오던 떼꾼 일행이 큰소리로 선이네를 불렀다.

"어이, 총각들. 칡넝쿨 남는 거 있으면 좀 빌려 주겠나? 우리 건 잃어버려서 말이야."

"받으시오."

용이가 칡넝쿨을 휙, 던져 주자 뒷사공이 받았다. 앞사공 이 씨가 코를 벌름거리며 선이에게 농담을 던졌다.

"어이, 잘생긴 총각, 덕포 주막에 들르면 색시들이 엄청 따르겠어."

선이는 대답하지 않고 짙은 눈썹을 찌푸렸다.

치마 두르고 댕기 드렸을 땐 사내들이 다 도망갈 거란 타박만 받았는데, 바지 입고 머리띠 동여매니 색시들이 따를 거라는 말을 듣는구나. 어쩌면 나는…….

선이가 언짢아하는 기색을 눈치챈 이 씨가 서둘러 변명했다.

"어, 미안, 미안. 그저 자나 깨나 물 조심, 사람 조심을 하란 얘기일세. 오죽하면 주막 색시들을 떼벌레라 부르겠나? 잘못 걸리면 목숨 걸고 번 떼돈, 다 털리니까 조심하는 게 상책이지. 그리고 요즘 이무기가 사람 잡는다는 소문이 있어. 이무기란 놈은 옛날부터 잘난 젊은이들을 좋아한다잖아. 조심하라고."

서럽게 울던, 장 서방네 식솔들이 떠올라 선이도 고개를 끄덕거렸다.

"예. 영감님도 조심하시어요."

"이제 곧 황새여울이야. 정신 바짝 차려야 한다."

용이의 말이 끝나기 무섭게 잔잔하던 강에서 소복치마를 휘날리는 귀신처럼 히뜩히뜩 물이랑이 일어섰다. 그러더니 미처 정신 차릴 새도 없이 바윗덩어리 같은 물벼락이 선이를 덮쳤다. 머리부터 발끝까지 홀딱 젖는 거야 그렇다 쳐도, 골을 쪼갤 듯, 몸뚱이를 가를 듯, 내리찍고 또 내리찍는 물벼락의 동통은 꿈에도 생각 못한 것이었다.

황새여울, 황새여울, 말만 들어 봤지, 세상천지에 이런 데가?

선이는 눈도 뜨지 못하고 말도 하지 못했다.

용이는 그레를 쉴 새 없이 놀렸다.

뗏목이 강물 속으로 몇 번이나 잠겼다가 올라왔다. 이승과 저승의 경계를 오가는 듯했다. 선이는 한손으로는 그레를, 한손으로는 떼 위에 칡넝쿨로 꽉꽉 얽어매어 둔 양식 보따리를 붙들었다. 그 두 가지를 놓치면 저승으로 밀려 나갈 것 같았다. 그야말로 동강, 서강의 모든 귀신들이 한꺼번에 달려드는 기세였다.

아, 제발. 여기서 죽으면 안 돼!

아아, 용왕님, 용왕님, 도와주세요!

용이 또한 물벼락을 맞고 옷이 흠뻑 젖는 것을 피할 도리는 없었다. 물을 맞은 그의 살갗이 이무기의 검고 차가운 비늘로 덮이고 있었다. 필사적으로 그레질을 하면서도 용이는 끊임없이 선이를 곁눈질했다. 물이야 조금도 두렵지 않지만, 선이가 목숨을 잃을까 봐, 떼가 부서질까 봐, 한시도 마음을 놓을 수 없었다. 혹여 검은 비늘이 선이의 눈에 뜨일까 걱정이 되었지만 선이는 눈을 뜨기는커녕 거의 넋을 놓고 있었다. 그 꼴로도 그레와 양식 보따리만큼은 꼭 붙들고 있는 걸 보니 물여울에 휩쓸려 들어갈 위험은 없어 보였다.

또 엽령귀인가

거짓말처럼 따가운 햇살이 선이의 눈두덩을 찔러 댔다.

"하아……."

선이는 긴 신음을 토하며 정신을 차렸다. 코피가 속눈썹에 엉긴 채 말라붙어 눈이 잘 떠지지 않았다. 앞머리와 귀밑머리도 코피 때문에 고추장을 바른 듯했다. 눈알이 불에 덴 듯 따가웠다. 팔뚝과 발목에는 군데군데 푸른 멍이 들어 있었다.

"괜찮으냐?"

용이가 지극히 태연한 얼굴로 돌아보며 물었다. 옷차림도, 방금 새 옷으로 갈아입은 사람처럼 말끔했다.

선이는 만신창이가 된 제 꼴을 퍼뜩 살펴보고 황급히 용이의 시선을 등졌다.

큰일이다, 큰일이야. 형님이 내 정체를 눈치챘으면 어찌할꼬.

"괘, 괜찮아요! 걱정하실 것 없어요. 형님은 괜찮으세요?"

"응. 이제 곧 어라연이니 된꼬까리까지는 한숨 돌려도 될 것이다."

"예? 아, 예에에……."

선이는 용이의 말이 귀에 들어오지 않았다. 선이의 겉옷은 이미 몸에 착 달라붙어 이팔청춘 소녀의 흰 속살을 아스라이 드러내고 있었다. 다행히도 몇 겹이나 동여맨 기저귓감 덕분에 가슴의 젖멍울은 보이지 않았다. 선이는 서둘러 양손으로 겉옷의 물기를 짜고 털어냈다.

휴우……. 하마터면……. 정신 똑바로 차려야지.

"혀, 형님. 된꼬까리도 황새여울처럼 무서운 곳인가요?"

"막상막하지. 그래도 한번 된통 겪어 봤으니 처음보다야 나을 게다."

처음보다 나아봤자 곤장 치듯 물벼락 퍼부어 사람 곤죽 만들어 놓는 건 똑같겠지. 어쩌나…….

그때, 원목 서너 개가 둥둥 떠 있는 모양이 선이의 눈에 띄었다.

앗, 우리 나무가 풀렸나?

선이는 무릎을 꿇고 떼 이음새를 꼼꼼히 점검했다. 아무 이상이 없었다. 고개를 드는 선이의 눈에, 저만치서 나무쪽을 붙들고 버둥거리는 사람이 들어왔다.

"형님, 저기 좀 보셔요! 사람이 떠내려와요!"

선이의 손가락이 가리키는 방향으로 용이가 고개를 돌렸다.

선이가 손나팔을 만들어 소리쳤다.

"이쪽으로 오셔요. 제가 붙잡아 드릴게요."

선이가 왼손으로 강다리를 꽉 붙들고는 오른손을 내밀었다.

나무쪽에 의지하여 한 손으로 물을 헤고 두 발로 버르적거리며 뗏목 근처로 다가온 사람은, 황새여울을 지나기 전에 칡넝쿨을 빌려갔던 앞사공 이 씨였다. 나무쪽을 버리고 선이의 손을 잡은 이 씨가 안간힘을 써서 뗏목 상판으로 올라왔다.

"아이고, 아이고……. 이무기란 놈이, 이무기란 놈이 우리 뒷사공을 잡아갔구먼. 이제 겨우 스무 살밖에 안 된 새신랑인데. 하늘도 무심하시지. 아이고, 아이고오오오, 이 일을 어찌할꼬."

이 씨는 뗏목에 자리를 잡자마자 목 놓아 울었다.

"이무기가 뒷사공을 잡아 갔다고요? 형님, 들으셨지요?"

선이가 깜짝 놀라 목소리를 높였다.

"이무기가 뒷사공을 잡아가는 걸 당신 두 눈으로 똑똑히 보았소?"

용이가 물었다.

"아, 그거야 보나마나 뻔한 일이 아닌가. 큰돌이 소문 못 들었나? 이 황새여울에서 물벼락을 맞고 사라졌다는데, 나중에 덕포까지 떠내려 온 시체를 살펴보니 이무기한테 뜯어 먹힌 자국이 있더래. 그리고 나도 아까, 언뜻 이무기를 봤어. 내 눈으로. 눈 깜짝할 사이에 우리 뒷사공을 잡아가더라고. 에고, 무서워."

용이가 이 씨를 노려보았다. 뱀처럼 냉랭한 눈빛이었다. 이 씨는 용이를 마주보다 그 써늘한 눈찌에 몸서리를 치며 뗏목 바닥에 엉덩방아를 찧었다.

"아니 왜……. 왜 그런 눈으로? 내가 뭐 잘못 말했나? 본 걸 봤다고 하지!"

용이가 대꾸 없이 자신을 노려보고 서 있자, 이 씨는 엉덩걸음으로 선이 옆에 가서 쥐며느리처럼 옹송그린 채 용이를 외면했다.

사실 용이는 이 씨를 보는 것이 아니라 딴 생각에 골똘해 있었다.

나 말고 이 근방에 이무기가 또 있는 건가? 아니야, 아니야. 천년 동안 없었던 이무기가 갑자기 생겨날 수는 없어. 누군가 일부러 이무기 흉내를 내며 나한테 누명을 씌우고 있어. 몇 달 전부터…….

어디선가 들어온 한 줄기 희미한 빛살이 뾰죽뾰죽 솟은 수많은 돌고드름, 돌순을 어른어른 비춰 주는 동굴, 그 검은 벽에 굵디굵은 동아줄 같은 이무기의 몸통이 얼비쳤다. 그러나 이내 이무기는 한낱 허물로 벗겨 던져지고 이무기도 아니고 인간도 아닌 괴물이 나타났다.

괴물의 얼굴은 얼핏 보면 커다란 늙은 호박 같았는데, 털도 없고 이목구비도 없이 누렇고 넓둥근 머리통뿐이었기 때문이다. 정면과 뒤통수의 구별이 없는 머리통 한가운데에서는 얇디얇은 눈꺼풀 같은 것이 끊임없이 깜박거렸다. 꺼풀 안에는 심연 같은 구멍이 나 있었다. 꺼풀이 올라가면 동굴 속 호수가 빛살을 받아 반짝이듯 구멍도 반짝거렸고, 꺼풀이 내려가면 마치 그런 게 있기나 했느냐는 듯 구멍도 사라졌다. 괴물은 그 구멍으로 보고 듣고 냄새 맡고 말했다. 수호령을 사냥하여 영(靈)을 흡입하는 곳도 이 구멍이었다.

괴물의 몸뚱이는 팔다리가 달린 무기고 같았다. 언제든 뽑아 쓸 수 있는, 단검, 장검, 톱날, 포탄, 총알, 화살, 못, 망치 따위가 칸칸이 박혀 있었다. 개중에는 연료창고 같은 것도 있어서 어딘가에 부딪칠 때마다 검댕이 우수수 떨어지거나 검은 기름이 줄줄 샜다. 인간이 일으킨 전쟁과 파괴의 현장을 돌며 무기와 폐기물을 수거해 끊임없이 채워 넣어야 하는 곳도 바로 이 연료창고였다.

괴물이 호랑이 가죽 요에 몸뚱이를 부리고 곰 가죽 이불을 덮었다.

"흐흐흐. 호랑이와 곰도 이런 식으로 모함해서 우매한 인간들이 스스로 잡아 없애게 했지. 멍청한 인간들. 자기네 조상인 곰을 제 손으로 죽이다니. 좀만 더 부지런히 죽여 주면 아예 씨를 말릴 수도 있겠어. 흐흐흐, 이무기, 네놈도 곧 인간의 손에 죽게 될 거다."

괴물의 손이 동굴 한 구석, 종유석이 횃대처럼 가로지른 곳을 가리켰다.

"이무기, 네놈을 잡으면 가죽을 손질해서 저기에 휘장으로 걸어 둘 참이다. 저기서 들어오는 빛살 때문에 내가 새벽잠을 설친단 말이지. 배고픈데 잠까지 못 자면 기분이 어찌나 더러운지."

괴물의 눈꺼풀이 차츰 아래로 처졌다.

"수호령들이 사라진 세상은 영원한 파괴와 혼란의 전쟁터가 될 터. 바로 내가 만들려는 세상이지. 이번에 이무기놈 영(靈)을 흡입하고 나면, 한 오백 년쯤은 배곯을 걱정이 없을 게야."

괴물이 반짝, 눈꺼풀을 올렸다.

"이무기, 네놈이 아직도 이곳에 있었을 줄이야……. 천 년 동안이나 끝내지 못한 우리 싸움도 이제야 막을 내리겠구나. <u>흐흐흐, 으ㅎㅎㅎㅎㅎㅎㅎ</u>."

이무기가 제 거처인 강을 수호하며 천 년 동안 도를 닦으면 승천의 길이 열린다. 가만 놔두면 용이도 승천하여 동강의 수호신이 될 터.

"오, 안 되지, 안 돼. 네놈의 승천을 무슨 수를 써서라도 막아야겠다. 네놈이 승천해서 수호신이 돼 버리면, 나는 이곳을 떠나야 하니까. 이 땅에 전쟁의 기운이 넘치고 바야흐로 내 세상이 목전으로 다가온 판국에, 내가 왜 네놈 때문에 고픈 배를 움켜쥐고 이곳을 떠나야 하느냔 말이지. 내가 직접 나서기 전에 인간들이 먼저 죽여 준다면야 고맙겠지만, 그 멍청한 인간들 힘으로 네 숨통을 완전히 끊어 놓지는 못할 것 같고……. 나 역시나 네 마지막 숨통은 내가 끊어 주고 싶으니 어찌 됐든 한 번은 만날 일이 있겠군."

이 괴물은 엽령귀(獵靈鬼)로 태고의 신비가 깃든 곳, 수호령들이 여전히 살아서 활동하는 곳들을 골라 다니며 영들을 사냥해 온 터였다.

정확히 다섯 달 이레 전, 이 엽령귀의 후각에 동강의 수호령이 걸려들었다. 조무래기가 아니었다. 한 번 흡입하면 오백 년은 넉넉히 포만감을 느끼게 될, 수호령 중의 수호령이었다. 그러니 잘못 건드렸다가는 그가 되레 다칠 수 있었다.

엽령귀는 정선 화암동굴에 새 거처를 마련하고 조심스레 탐색을 거듭했다. 그리고 동강 어라연에서, 유라시아 대륙에서는 오래전에 명맥이 끊긴 줄 알았던 이무기를 발견했다.

천룡(天龍)이구나…….

그는 한눈에 알아챘다, 그 이무기가 천 년 전 백두산 천지에서 석 달 사흘 동안 자신과 혈전을 벌였던 천룡이라는 사실을. 그때 엽령귀는 천룡과 제대로 싸워서는 이길 수 없다는 것을 깨닫고 석 달 사흘 만에 몸을 감추었다.

그리고 천 년이 지난 오늘에 이르러서도 홀로 용이를 대적할 자신은 없었다. 그래서 엽령귀는 이무기 허물을 덮어쓴 채 정선, 영월 등지를 떠돌며 갖은 행악을 저지르고는 반드시 이무기의 흔적을 남겼다. 어리석은 인간의 복수심과 탐욕을 이용하기로 한 것이다. 그리고 이제 그 노력의 결실이 슬슬 나타나고 있었다.

"기다리게, 천룡이! 으ㅎㅎㅎㅎㅎㅎ."

투둑, 투두욱, 팅그르르르, 팅…….

엽령귀가 몸을 들썩이며 기괴한 웃음소리를 낼 때마다, 그의 몸에서 총알이나 못이 튕겨나가 종유석들과 부딪치며 마찰음을 냈다.

된꼬까리를 지날 때, 정체가 탄로 날까 걱정이 된 용이는 비를 불렀다. 비록 천 년 전, 엽령귀와 죽기 살기로 싸우다 얼결에 여의주를 떨어뜨리고 여태 찾지를 못해 용보다는 한참 아랫길인 이무기 꼴로 살고 있다 하나, 불을 뿜고 비를 부르는 신공 정도는 가진 터였다. 물론 용이 못 된 이무기다 보니, 불의 화력과 빗발의 강도가 약한 데다 연달아 신공을 발휘할 수도 없었지만 말이다.

때 아닌 먹장구름이 해를 가리고 장대비까지 뿌려 대자, 이 씨와 선이는 걱정을 하다 못해 된꼬까리에 닿기도 전에 지레 초주검 상태가 되었다. 덕분에 용이는 강물을 뒤집어쓰고도 이무기의 비늘을 들키지 않고 무사히 된꼬까리를 지났다.

선이는 뗏목 아리랑의 노랫말을 그제야 이해할 수 있었다.

아, 이래서 어른들이 술집을 찾은 게야. 황새여울과 된꼬까리, 두 죽을 고비를 넘기고 나면 몸은 기진맥진 지치고 마음은 안심이 되어 어디서라도 술 한 잔 받고 사람 소리 들으며 쉬고 싶었던 것이야.

동강 물길을 따라 경치 좋은 강변마다 주막들이 하나둘 나타났다. 색시들이 치맛자락 말아 쥐고 버선발로 뛰어나와 자기네 주막으로 오라며 손짓발짓을 했다. 색시들이 입은 분홍, 자줏빛, 남빛, 옥빛 따위 고운 한복 색깔과 동강의 푸른 물빛이 비단 이불에 수놓은 꽃무늬처럼 아롱다롱 어우러졌다.

행여나 용이와 눈이 마주칠세라 선이 뒤에 숨어 있던 이 씨가, 감히 용이를 쳐다보지는 못하고 입만 붕어처럼 내밀고 쫑절거렸다.

"이, 이봐, 앞사공 젊은이. 저 좋은 주막들을 왜 그냥 지나치는가? 목숨 걸고 일하는 우리 떼꾼들한테는 저 색시들 치마폭이 다시없는 낙인데 말이야."

용이가 퉁명스레 대꾸했다.

"떼돈이 다섯 배냐 열 배냐 하는 마당에 한가하게 주막에서 노닥거릴 시간이 어디 있소? 이따 덕포 나루에 내려 줄 테니 영감 혼자 실컷 즐기시오."

괜스레 미안해진 선이가 이 씨를 달랬다.

"영감님. 저희는 하루라도 빨리 마포 나루에 가야 하거든요. 주막 같은 곳에 들를 시간이 없어요. 게다가 형님이 지금 신경이 곤두서……. 예? 뭐라고요?"

무슨 말인가를 전하려는 듯 소리는 내지 않고 입만 벙긋거리던 이 씨는 선이가 눈치 없이 되묻자, 얼른 손사래를 치며 눈을 끔적거렸다.

덕포 나루에 도착하기까지 이 씨는 내내 용이의 눈치를 보며 눈알을 굴리다 입을 다물곤 했다. 그리고 용이가 덕포 나루터에 뗏목을 대자마자, 바지에 불이라도 붙은 사람처럼 황황급급 꽁무니를 뺐다.

"자, 잘 가게. 여, 여러 모로 고맙네그려."

이 씨가 눈을 내리깔고 종종걸음을 쳤다.

용이가 덕포 강주인에게 목상 지 씨의 인장이 찍힌 발기를 보이고 떼 세 바닥을 이어 붙이는 사이, 이 씨는 나루터 끝에 서서 선이의 눈길을 붙잡으려고 손짓 발짓을 하며 입을 벙긋거렸다.
 이봐, 총각, 어서 도망쳐! 자네 앞사공이 바로 이무기야. 그놈이 이무기라고!
 하지만 선이는 뗏목 위에서 화로에 불을 넣고 강물을 퍼 올려 쌀을 씻고 하느라 이 씨에게 잠시도 눈길을 주지 않았다.
 이 씨가 답답한 마음을 이기지 못하고 두 주먹으로 제 관자놀이를 쳤다.
 아이고, 총각아. 젊은 사람이 어찌 그리 눈치코치 없이 투미한가. 부역 끌려 간 아버지 대신 집안 살림을 책임지기는커녕 당장 이무기 이빨에 목숨부터 잃게 생겼는데, 그것도 모르고…….

내 소원은……

　선이와 용이의 뗏목이 가물가물 사라질 때쯤, 덕포 나루 주막에서는 떼꾼 이 씨가 침을 튀겨 가며 이무기 얘기를 하고 있었다.
　"저 뗏목의 앞사공이 이무기요. 이무기가 사람 형용으로 둔갑한 거예요. 뒷사공 총각이 참 싹싹하고 참한데, 눈치코치가 영 없더라고요. 가만히 앉아서 날 잡아잡수, 하는 꼴이지요. 우리가 이러고 있을 게 아니라 얼른 저 뗏목을 따라잡아서 뒷사공 총각을 구해 줘야 합니다."
　덕포 나루 강주인이 머슴을 돌아보며 물었다.
　"이봐, 지금 이 자가 무슨 헛소리를 하고 있나?"
　"아까 그 용이라는 앞사공 말입니다요. 그 사람이, 그러니까 사람이 아니고 이무기라는뎁쇼?"
　머슴이 킬킬거렸다. 강주인도 너털웃음을 터뜨렸다.
　"으하하하. 이 씨, 때 이른 더위 먹었나? 거, 떼 잃고 죽다 살아

나니 자꾸 헛것이 보이는 모양인데, 냉수 먹고 정신 차리게."

나루터 사람들은 아무도 이 씨의 말을 믿어 주지 않았다. 워낙에 이 씨가 진중한 사람도 아니었거니와 그 듬직하고 예의 바른 용이 총각이 흉악무도한 이무기라고는 상상조차 할 수 없었던 것이다.

"아, 진짜라니까! 내가 이무기한테 물려 죽은 떼꾼 큰돌이 얘기를 하니깐 눈을 희번덕거리면서 노려보는데, 그게 정말로 사람 눈빛이 아니고 뱀의 눈빛이었다고요!"

"이보쇼. 미친놈 잠꼬대 같은 소리 그만하고 당신 앞일이나 걱정하쇼."

"아이고, 아이고, 답답해! 답답해 죽겠네! 새끼 하나 못 남기고 죽은 우리 뒷사공, 억울하고 불쌍해서 어쩌나. 우리 뒷사공이야 이왕 죽었으니 어쩔 수 없다지만, 키 크고 눈 크고 마음 착하고 효성도 지극한 그 뒷사공 총각은 꼼짝없이 이무기 손아귀에 놓였구나. 어찌할꼬, 어찌할꼬. 아이고, 아이고ㅇㅇㅇㅇㅇㅇ……."

이 씨가 제 가슴을 탕탕 쳐 대며 넋두리를 계속하자, 노름빚 때문에 덕포 강주인 집에서 머슴살이를 하는 왕년의 떼꾼 전 씨가 이 씨에게 다가왔다.

"이보오. 기분도 뻑적지근할 텐데, 투전 놀이나 한 판 합시다. 골치 아플 때는 그저 노름이 최고 아니겠소?"

선이는 그레를 강다리에 끼우고 까무룩 토막잠에 빠졌다. 주막

집 뜨듯한 아랫목도 아니고 통나무를 칡넝쿨과 새끼줄로 엮은 떼 위에서는 긴 잠을 잘 수 없었다. 밤이 되면 온몸의 살갗을 찌를 듯 파고드는 바늘바람도 견디기 힘들었다. 그깟 사나흘 잠 안 자고 버티는 일이 대수일까 싶었는데, 그게 아니었다. 이골이 난 떼꾼들이 덕포 주막에서 하룻밤 유숙하고도 안거리 주막에서 막걸리를 마시고 낮잠을 자는 이유를, 이제는 선이도 알 것 같았다. 용이는 덕포에서 떼를 이어 붙이고 선이더러 밥 먹을 시간을 주었을 뿐, 안거리 나루터는 들르지도 않고 지나쳤다. 그런 용이의 행보에 발 맞추느라 꼬박 하루 반나절을 선 채로 여울과 싸우고 암초를 피해 그레질을 한 선이의 몸은 사람 몸뚱이가 아니라 물에 젖은 통나무 같았다.

토막잠은 짧았지만, 선이는 용꿈을 꾸었다. 이번에는 물속에서 용과 노니는 꿈이었다. 지금껏 꾼 용꿈에서는 대개 용이 대들보나 서까래나 나뭇가지에 똬리를 틀고 선이를 지그시 내려다보고 있었다. 용과 노는 꿈은 처음이었다. 선이는 꿈속에서도 좋아서 흐느꼈다.

첩첩한 산을 넘어 새벽 여명이 겨울 홍시 빛깔로 밝아왔다. 용이가 밤을 도와 그레질을 한 덕에 뗏목은 어느새 단양 나루를 지나고 있었다. 용이는 잠시 그레질을 멈추고 선이를 돌아보았다.

선이가 우는 것처럼 어깨를 들썩거렸다. 밤하늘이 스며든 듯 검푸른 속눈썹에 이슬 같은 눈물방울이 맺혀 있었다. 용이는 약해지려는 마음을 다잡고 선이를 깨웠다.

"선이야, 날 밝았다. 일어나라."

선이가 벌에 쏘인 사람처럼 후다닥 일어났다.

"네? 네……."

선이는 옷소매로 눈물을 닦고 그레를 들었다.

뗏목은 다리미로 다린 듯 고요한 남한강 물길을, 구름에 달 가듯, 유유히 흘러갔다. 남한강은 강폭이 넓고 수심도 깊어 사공들이 특별히 신경을 곤두세울 일이 없었다. 앞사공 용이가 뗏목을 인도하면 뒷사공 선이가 박자 맞춰 밀어 주는 식으로 착실히 그레질만 하면 되었다.

"저어, 형님, 아침밥 안칠까요?"

용이가 돌아보지도 않고 고개만 끄덕거렸다.

일이야 고될지언정 이 보릿고개에 쌀밥 먹는 건 좋네.

선이는 신이 나서 화로의 불씨를 살리고 쌀을 씻었다. 배꼽시계가 얼마나 울었을까. 화력이 약했던지 해가 중천에 뜨고 나서야 겨우 솥뚜껑이 들썩거리며 밥물과 김을 쿨럭쿨럭, 토해냈다. 선이는 뚜껑을 살짝 걸쳐 놓고 뜸이 지기를 기다렸다. 밥 냄새가 구수했다.

선이가 밥을 나무 그릇에 퍼 담으며 말했다.

"형님도 많이 시장하시지요? 금강산도 식후경이라는 말이 있다 들었습니다. 반찬은 무짠지밖에 없어도 밥이 제법 잘되었네요. 그레는 잠시 강다리에 끼워 두시고 이리 오셔서 한 술 뜨시지요."

"너나 먹어라. 난 이거면 된다."

거듭 선이의 권유를 물리치던 용이가 주머니에서 새똥처럼 생긴 환약을 한 움큼 꺼내 단번에 삼켰다. 선이의 큰 눈이 더 똥그래졌다.

"형님, 그게 무엇이어요? 밥 안 먹어도 힘이 펄펄 나게 하는 묘약 같은 것인가요?"

"묘약은 무슨."

"콩 한 쪽도 나눠먹으라는 옛말이 있습니다. 앞뒤 사공으로 만나 생사고락을 함께하는 처지에 어찌 혼자서만 잡수십니까?"

선이로서는 갓 지은 밥이 먹고 싶지 그 새똥 같은 환약을 먹어 보고 싶다는 생각 따위는 조금도 들지 않았지만, 이 계제에 용이와 좀 더 스스럼없이 말을 트고 싶었다.

"기어이 안 주시려고요? 아유, 한 알만 주시어요."

선이가 웃는 얼굴로 대고 조르자, 하는 수 없다는 듯 용이가 환약 한 알을 내밀었다.

"입맛에 맞지는 않을 거다."

선이는 그것을 받자마자 냉큼 입안으로 털어 넣었다.

형님, 저는 입맛 같은 거 따져 가며 살아오질 못했답니다. 뭐든 없어서 못 먹었지요. 쓰디쓴 소태도 잘만 씹는데, 하물며 이런 환약 따위를…….

그러나 선이는 곧바로 오만상을 지으며 환약을 뱉어 냈다.

"퉤, 퉤, 어휴, 이게 무슨 맛이야? 생긴 것만 새똥 같은 게 아니라 맛도 꼭 새똥이네요. 퉤, 퉤. 세상천지에 무슨 이런 맛이 다 있답니까?"

 선이가 호들갑 떠는 꼴이 재미있던지 용이의 낯빛이 많이 풀렸다.

 "그것 보아라. 묘약 같은 게 아니라고 하지 않았느냐."

 "아이 참, 저는 형님이 그것만 자시고도 항우장사 같은 힘을 내기에, 무슨 묘약이 따로 있나 보다, 나도 좀 얻어먹어 보자, 했지요. 이런 고약한 맛은 살다 살다 처음입니다."

 선이가 미간을 찌푸리고 콧등에 주름을 잔뜩 잡은 채 혀까지 늘어뜨리자, 용이도 처음으로 입 꼬리를 길게 찢으며 환히 웃었다.

 선이는 강물로 입을 열두 번이나 헹궈 내고 밥을 용이 몫까지 두 그릇, 먹었다.

 아, 하늘은 높고 물은 잔잔하고 배는 부르고 등 따숩고…….

 벌렁 드러눕다 말고 도로 일어나 앉으며 선이는 등짝을 어루만졌다.

 "에그, 등이 따숩진 않구나."

 선이는 밥 먹은 자리를 걷어치우고 뒷사공 자리에 가 섰다.

> 당신은 날 마다고 갈 적에 시치고 빼치고
> 행주치마 둘러치고 분홍치마 메치고
> 앞문 치고 뒷문 치고 앞벽 치고 뒷벽 치고 열무김치 칼로 툭 쳐
> 소금 치고 오이김치 초치고 가장에 야단치고
> 날 마다고 가더니 영월 평창 다 못가서 날 찾아왔네

우리 집에 서방님은 잘났든지 못났든지
얽어매고 찍어매고 장치다리 곰배팔이
노간주나무 지게에다 엽전 석 냥 걸머지고
강릉 삼척에 소금 사러 가셨는데
백복령 굽이굽이 부디 잘 다녀오세요

아리랑 아리랑 아라리요
아리랑 고개고개로 나를 넘겨주게

 선이는 기분이 좋아서, 어머니가 기분 좋을 때 부르던 엮음아리랑을 두 곡 잇따라 불렀다.
 귀를 세우고 아리랑을 듣던 용이가 물었다.
 "선이야, 너는 소원이 뭐니?"
 "소원이요? 뭐, 아버지 무사히 돌아오시고 어머니 다시 건강해지시고 언니 시집 잘 가고……."
 "네 소원 말이다. 다른 이들이 어찌 되었으면 좋겠다는 거 말고."
 용이가 짐짓 나무라는 투로 말했다.
 "네가, 너 자신을 위해서 간절히 바라는 게 뭐냐 말이다."
 선이는 저도 모르게 움찔하며 짙푸른 강물로 시선을 돌렸다.
 "제 소원은……."
 선이가 입속말로 웅얼거렸다.
 저 같은 것도 사람 축에 드는지……. 저 같은 게 왜 태어났는지……. 그걸 아는 거예요.

"뭐라고?"

용이가 되물었다. 선이는 갑자기 콧등을 찡그리며 선웃음을 쳤다.

"하하하. 제 소원은 떼돈 벌어서 부자 되는 거예요."

자네가 사냥꾼들을 모으게

 집채만 한 덩치를 가진 낯선 사내가 덕포 나루 주막에서 떼꾼 이 씨를 불러냈다.
 "소문 들었네. 이무기를 보았다고?"
 사내가 다짜고짜 말을 놓았지만, 이 씨는 왠지 주눅이 들어 고개를 조아렸다.
 "예, 예. 봤습지요. 눈이 굵다란 총각아이하고 떼를 몰고선 한양으로 갔습니다요."
 "돌아오는 길에 소금 배를 탄다면 반드시 단양 나루에 내리겠지. 흐흐흐. 이봐, 그놈을 잡아야 해. 지금껏 그놈이 지은 행악이 대체 얼마인가? 게다가 그놈이 앞으로 무슨 짓을 할지 누가 안단 말인가?"
 이 씨가 맞장구를 쳤다.
 "그럼요, 그렇고말고요. 구구절절 맞는 말씀입니다요."

사내가 엽전 꾸러미를 이 씨의 허리춤에 찔렀다.

 "자네가 사냥꾼들을 모으게. 제가끔 총을 들고 오도록 하고."

 이 씨가 곁눈으로 살펴보니, 보통 엽전이 아니고 당백전*이었다. 이 씨는 너무 놀라 바지에 오줌을 지릴 뻔했다.

 "나는 그놈을 사로잡을 그물을 준비하지. 어마어마한 크기일 것이네. <u>흐흐흐</u>."

 큰 덩치와 어울리지 않게 가늘고 요망스러운 음성이 매우 이물스러웠다. 또한 웃음소리는 그 음성과도 서로 달라 낮고 어두웠다.

 이 씨는 등골이 오싹했다. 하지만 이무기를 보았다는 제 말을 믿어 주는 사람이 이 사내 말고는 없으니 달리 어찌하는 수도 없었다. 게다가 돈까지 두두룩이 쥐여 주는 데에야 더 바랄 바가 없었다.

 "사람을 아주 잘 보셨습니다요. 소인놈이 제 자랑을 하는 게 아니굽쇼. 요즘 같은 세월에 총 가진 사냥꾼들을 한 자리에 모은다는 게 보통 어려운 일이 아닙지요. 그렇지만 소인놈이 나서면 일이 누워서 떡 먹기처럼 쉬 이루어집니다요. 암요."

 이 씨의 호언장담에 사내가 빙긋 웃으며 술을 따랐다.

 "큰일 할 사람이로세. 한 잔 받으시게. <u>으흐흐흐흐</u>."

 이 씨는 겁을 먹지 않으려고 술 사발을 단숨에 들이켰다.

---

* 조선 시대, 경복궁 중건으로 인한 재정적 궁핍을 해결하기 위해 대원군이 만든 화폐. 나라에서 매겨 놓은 가치는 상평통보의 100배였지만 실제 가치는 이에 크게 미치지 못하여 화폐 가치의 폭락을 가져왔고, 고종 4년(1867)에 폐지되었다.

"끄윽, 커어어, 좋다!"

역시나 술은 공짜 술이 제일 맛있단 말이지. 으하하.

이 씨는 술에 정신이 팔려, 불빛을 받아 멍석 바닥에 너울거리는 울퉁불퉁, 뾰죽뾰죽한 기괴스런 그림자를 보지 못했다.

"와아, 수달이다! 용이 형님, 수달이에요!"

수달 두 마리가 몸뚱이를 뱅글뱅글 돌리며 놀고 있었다.

떼는 거칠 것 없이 앞으로 나아가는데, 선이는 귀여운 수달들한테서 눈을 떼지 못했다. 선이의 고개가 자연스레 뒤로 돌아갔다. 눈동자도 수달을 따라 오른쪽으로 갔다 아래로 갔다 왼쪽으로 갔다 위로 갔다, 뱅글뱅글 돌았다. 별안간 수달 한 마리가 물속으로 사라지더니 어린애 팔뚝만 한 배가사리 한 마리를 물고 물보라를 일으키며 뛰어올랐다. 선이한테는 처음 보는 신기한 광경이었다. 뒤따라 물속으로 사라졌던 수달도 밖으로 뛰어올랐다. 그런데 이번엔 그만 제들 모습에 정신이 팔려 있는 선이의 목통을 꼬리로 치고 말았다.

"으악!"

선이가 그레를 놓치며 강물로 떨어졌다. 비명소리를 들은 용이는 그레를 강다리에 끼우고 선이가 헤엄쳐 올라오기를 기다렸다. 아침나절에도 말뚝잠을 자다 물에 빠졌지만 금세 어푸어푸 소리를 내며 떼를 잡고 올라왔던 선이였다. 그러나 웬일인지 이번에는 아무 소리도 나지 않았다. 되레 시간이 지날수록 물결이 조용히 잦아들었다.

용이는 미간에 깊은 주름을 잡고 강물을 노려보았다.

애초에 내가 잘못 판단했던 것인가? 준비되지 않은 천방지축 아이의 헛꿈에 내 천 년의 꿈을 기탁한 꼴인가?

머리는 노여움과 걱정으로 부글부글 끓는데, 두 팔이 제풀에 하늘 높이 쳐들렸다. 가슴골이 푹 하니 꺼졌다 불룩하니 솟았다.

우선은 선이를 구해야 한다…….

용이가 펫목에서 발을 뗐다.

풍덩.

선이는 쌀가마니만 한 암초가 도사린 강 밑바닥에서 물풀에 온몸을 휘감긴 채 정신을 잃어 갔다. 거꾸로 떨어지며 암초에 머리를 부딪쳤는지 머리 주변으로 붉은 물감을 푼 듯 핏물이 번지는 참이었다.

선이는 마지막 한 가닥 정신 줄을 놓치지 않으려 안간힘을 썼다.

내가 왜 이러지? 얼른 바닥을 차고 올라가야 하는데……. 세상에, 저게 뭐야?

선이의 동공이 커졌다. 오백 년 묵은 유천리 당나무보다 더 굵은 이무기가 제 쪽으로 다가오고 있었다.

그 앞사공 영감님이 말한 이무기? 나를 잡아먹으려는 걸까? 아니야……. 꿈일 거야…….

물풀들이 그물처럼 선이의 몸을 옥죄었다. 선이는 눈을 꼭 감앉다.

 잠깐 사이 저승을 다녀온 듯, 선이는 눈을 뜨면서도 이곳은 어디이고 저는 누구인지 잠시 헷갈렸다. 뿌여니 밝아 오는 시야에, 강가 능수버들에 매어 놓은 뗏목, 좁은 모래사장, 눈살을 찌푸리고 저를 내려다보는 용이의 얼굴이 보였다. 선이는 그제야 정신이 들었다.
 아, 용이 형님! 나를 구해 주고 걱정하고 계셨구나.
 수달에게 한눈을 팔다 꼬리로 목통을 얻어맞고는 떼에서 떨어졌지. 그리고 어, 어, 하다 암초에 머리를 부딪고 물풀에 휘감기고……. 앗, 이무기! 용이 형님이 이무기를 물리치신 건가?
 "형님, 괜찮으세요?"
 선이가 벌떡 일어나 물었다. 용이가 써느런 눈길로 돌아보았다.
 "무슨 말을 하는 게냐? 누가 누구한테 괜찮냐는 게야? 눈이 있으면 물낯에다 네 꼴을 비춰 보거라."
 물에 비친 선이의 모습은 한 마디로 가관이었다. 반쯤 마른 옷에는 물풀이 덕지덕지 붙었고 암초에 부딪친 오른쪽 머리털에는 커다란 피딱지가 앉아 있었다. 얼굴과 손발도 크고 작은 생채기투성이였다. 반면 용이는 얼룩 한 점 없는 깨끗한 입성에다 조그마한 상처 하나 없이 멀쩡한 모습이었다.
 "저는 형님이 혹시라도 이무기한테 해를 입으셨을까 봐……."

"이무기라니?"

"몸통이 유천리 당나무보다 굵은 이무기가 저를 잡아먹으려 했지 않습니까. 형님은 못 보셨는지요?"

순간, 용이의 눈빛이 뱀처럼 차가워졌다.

"선이 너, 이렇게 경거망동하려거든 뗏목 타지 마라. 여기서 기다렸다 지나가는 소금 배 얻어 타고 집에 가! 뒷사공이 무얼 하는 사람이냐? 앞사공이 신경 쓰지 못하는 잔일 도맡아 하면서 성심성의껏 앞사공을 도와주는 자리이거늘, 네가 뒷사공이랍시고 여태껏 무엇을 했느냐?"

눈빛뿐만 아니라 목소리도 어찌나 차가운지 선이는 온몸에 소름이 오싹 끼쳤다.

행여 용이가 자기를 모래사장에 떼어 놓고 가 버릴세라, 선이는 얼른 뗏목에 올라 그레부터 부둥켜안았다.

"조, 조심하겠습니다."

용이가 굳은 표정으로 오금을 박았다.

"이제부터 쉬지 않고 간다. 밥 먹을 시간도 없으니 그리 알아라. 또 졸거나 한눈팔다 떼에서 떨어지면, 그때는 죽든지 살든지 상관 안 한다."

너는 이미 표적이 됐다

마침내, 넓고 번듯한 나루터가 시야에 들어왔다. 멀리서 봐도 선박과 뗏목, 사람과 물건들이 뒤섞여 수선스레 북적거리는 양이 정선 장날에 댈 바가 아니었다.

"와아, 형님! 저것이 마포 나루인가요?"

조금 전까지만 해도 졸음과 피로 때문에 산송장이나 다름없던 선이가, 마포 나루를 보자마자 뛸 듯이 기뻐했다.

"음."

용이는 그저 입꼬리만 살짝 비틀어 올렸지만, 선이는 감격에 겨워 눈물까지 글썽거렸다.

꿈인지 생시인지……. 황새여울, 된꼬까리에서는 정말 죽는 줄 알았는데…….

용이가 뗏목을 대느라 그레로 물길을 트며 말했다.

"무슨 일을 당하려고 감정을 그리 쉬 내색하느냐? 이곳은 정선이 아니라 눈을 뜨고도 코를 베인다는 한양이라는 사실을 명심하거라."

마포 나루는 소금 가마니를 실은 배, 광목이나 비단을 실은 배, 쌀이나 참깨 같은 곡물을 실은 배와 그 배를 타는 선원들, 떼를 운반해 온 떼꾼들과 그들을 기다리는 강주인들로 시끌벅적했다.

용이가 강주인을 찾기 전에 강주인이 먼저 용이를 찾았다. 용이가 몰고 온 뗏목이 강원도 정선 깊은 숲에서 베어 낸 최상품 황장목이었던 터라 나루터에 즐비한 뗏목 중에서도 눈에 확 띄기는 했다.

"요즘 같은 물길에 정선서 한양까지 사흘이라니, 귀신도 울고 갈 솜씨가 아닌가? 지 씨를 다시 봐야겠군. 이런 귀신 같은 떼꾼들을 어디서 구했을꼬."

목상이 준 발기와 목재 수를 확인한 강주인이 용이에게 떼돈을 건넸다. 강주인 옆에 서 있던 늙은 청지기가 거들었다.

"참말로 귀신 같은 떼꾼들입니다요. 어쩌면 인간으로 둔갑한 물뱀인지도 모릅지요."

청지기의 희부연 눈빛에 시기심과 의구심이 가득했다. 백태로 짜부라진 눈동자가, 선이와 용이를 집요하게 훑어 내렸다.

"경복궁 공사장에 가서 아버지 만나야 한다며? 서둘러라."

강주인과 청지기가 말 붙일 여지를 주지 않고 용이가 선이를 채근했다. 그 눈빛과 목소리가 여전히 냉랭해 선이는 감히 토를 달지 못하고 용이를 따라 나루터를 떠났다.

이윽고 인적 없는 고요한 야산에 이르러서야 용이는 선이에게 떼돈의 절반을 내어 주었다.

"원래는 앞사공이 훨씬 많이 가지게 돼 있지만……."

"고맙습니다아아아."

선이가 허리를 깊이 구부려 절하고는 당백전 꾸러미를 받아 저고리 안주머니에 넣었다.

"너도 돈이 좋으냐?"

선이가 고개를 끄덕였다.

돈이 있어 원납전을 냈으면 아버지도 부역 끌려가지 않았을 테고……. 돈이 있어야 약국집에 외상값도 갚고, 언니 혼수도 마련하고, 읽고 싶은 얘기책도 실컷 사고…….

"나는 돈을 싫어한단다. 똥 냄새보다 돈 냄새를 더 싫어하지. 왜, 괴물 같으냐?"

선이는, 아니라고 대답하지 못했다. 돈만 있으면 개도 멍첨지가 되는 세상, 돈으로 부역을 면하고 양반을 사고 벼슬까지도 얼마든지 살 수 있는 세상, 그러나 돈이 없으면 하루아침에 남의 종살이를 가거나 술집에 팔려가지 않으면 굶어죽기 십상인 세상. 이런 세상에서 똥 냄새보다 돈 냄새를 더 싫어하는 사람이라니……. 아무리 용이라도 약간은 괴물 같다고 생각했다.

"돈이라면 환장을 하다못해 돈벼락이라면 맞아 죽어도 좋다는 인간들이 숱하더군. 너도 그러하냐?"

그제는 선이도 절레절레 고개를 흔들었다.

"그건 아니어요. 잘 살려고 돈이 필요한 거지요. 목숨 잃고 돈 얼어 봐야 뭣하겠어요? 그 돈으로 다시 목숨을 살 수 있는 것도 아니고"

"그래. 돈으로 살 수 없는 것이 목숨이지. 천금을 줘도 죽은 금강모치 한 마리, 죽은 용머리 꽃 한 송이를 되살릴 수 없어. 목숨은 천하보다 귀한 거야. 그런데도 사람들은 돈에 목숨을 걸고 돈으로 목숨을 사고팔지. 선이야, 명심해라. 너는 이제 큰돈을 가졌다는 이유로 못된 사람들의 표적이 될 거다. 아니, 이미 표적이 됐다. 스스로 조심, 또 조심하지 않으면 사람들은 네 돈을 빼앗으려고 네 목숨까지 노릴 거다. 네 손을 봐라. 여기 돈이 있습니다, 하고 동네방네 알리고 있잖니."

선이는 돈이 든 안주머니를 쓰다듬다 스르르, 손을 내려놓았다.

안주머니가 축 처져서 왠지 어색해 보여. 안 되겠다. 아랫배에 싸매어야겠어. 똥배 조금 튀어나온 거야 누가 의심하겠어?

"형님. 형님은 한양에 와 본 적 있으세요?"

"그럼."

"몇 번이나요?"

"글쎄, 한 열 번쯤?"

열 번이 뭐냐. 사실은 수백 번쯤 와 보았지.

천 년은 동강에만 박혀 살기에는 너무 긴 세월이었다. 용이는 한양뿐 아니라 북경, 서천 서역국에도 가 보았다. 하지만 어디를 다녀 봐도 용이에게 가장 아름답고 포근한 곳은 동강이었다.

"저, 형님. 이런 부탁까지 드리기는 송구스럽지만, 많이 바쁘지 않으시면……."

"바쁘지 않으면?"

"경복궁 가는 길에 동행을 해 주십사 하고요. 형님 말씀대로 어리바리한 정선 촌뜨기가 이 골목 저 골목 헤매다 눈 뜨고 코 베일까 두렵습니다."

용이는 선이가 아비를 만나는 동안 뻐꾸기로 둔갑하여 엽령귀를 추적할 생각이었으나, 마음을 바꿔 선이의 길라잡이 노릇을 하기로 했다. 떼돈에 쏟아졌던, 인간들의 탐욕스런 시선이 영 마음에 걸렸던 것이다.

"알았다. 나도 뭐, 딱히 할 일은 없으니."

용이가 발길을 돌리며 하늘을 흘낏 올려다보았다.

너를 예서 잃을 수는 없다. 네가 준비가 되었든 안 되었든 너는 내 유일한 꿈……. 본디 꿈이란 꾸는 동안에는 이룰 수 있을지 없을지 알 수 없는 게지. 그저 품고 믿고 돕는 수밖에.

"고맙습니다, 형님! 고맙습니다!"

거절당할 거라 지레짐작하면서도 말이나 한번 던져 보자 싶었던 선이는 뜻밖의 응낙에 눈시울이 화끈했다.

아버지 말고 나한테 이렇게 잘해 준 사람이 있었나? 용이 형님, 겉모습은 차가워도 속마음은 따스한 분이시란 걸 잘 알고 있습니다. 고마워요.

감정을 쉬 내보인다는 꾸중을 또 들을까, 선이는 부러 콧등에 주름을 잡으며 낯꼴을 다잡았다.

정선 땅을 벗어나 본 적이 없었던 선이에게 한양은 봐도 봐도 질리지 않는 신천지였다. 갖가지 옷차림과 꾸밈새의 갑남을녀가 어디에선가 끊임없이 쏟아져 나왔다. 부자와 거지, 미인과 광대, 귀인과 천민, 노인과 어린아이가 꾸역꾸역 선이의 곁을 스치고 지나갔다. 종로통 좌우에 늘어선 육의전 진열대에는 비단, 무명, 명주, 모시, 삼베, 종이, 생선이 산처럼 쌓여 있었다. 갖은 곡물, 과일, 패물 따위가 끝도 없이 진열된 점포들도 많았다. 물건을 사고팔다 흥에 겨워 춤과 노래를 하는 사람, 무엇이 마뜩찮아 그러는지 멱살잡이를 하고 고래고래 소리 지르는 사람, 분칠을 요란스레 하고 요상한 몸짓으로 손님을 끄는 사람들이 거리에 마구 뒤섞여 있었다.

생전 처음 보는 한양의 시장거리와 사람들 수작에 눈이 휘둥그레져서, 선이는 발을 헛디디거나 용이를 놓치기 일쑤였다. 용이는 그런 선이를 야단치기도 하고 일부러 걸음을 늦춰 주기도 하며 마침내 경복궁 중수 공사장을 찾았다.

공사장 입구에는 무장한 나졸들이 서 있었다. 부역꾼들이 도망가지 못하게, 그리고 일반 백성이 함부로 출입하지 못하게 지키고 선 자들이었다. 용이는 우두머리로 보이는 사람에게 다가가 귓속말을 하고는 남의 눈에 띄지 않게 엽전 한 꿰미를 찔러 주었다. 대장이 나졸 한 명을 불러 낮은 목소리로 무언가 지시를 내렸다.

용이가 손짓으로 선이를 불렀다.

"저기 객관 은행나무 밑 평상에서 기다리거라. 아버지가 나오실 거다."

선이가 큰 눈을 똥그랗게 뜨며 물었다.

"지금 뇌물을 주신 거예요?"

용이가 피식, 웃었다.

"너도 돈을 좋아하는데 나졸이라고 돈을 좋아하지 않으랴? 그럼, 내일 오시 경에 마포 나루터에서 보자꾸나."

선이가 되물었다.

"내일이요?"

선이는, 더듬더듬, 제가 한양엘 왜 왔나 다시 한 번 따져 보았다.

"저, 저는 하룻밤 아버지를 만나려고 온 게 아니라, 떼돈 벌어 원납전을 내든지 아버지 대신 부역을 살든지 해서 아버지를 정선 집에 보내 드리려고 온 거라……."

또 아버지께 꼭 여쭙고 싶은 질문도 있고요.

선이가 말을 마치지 못하고 입술을 달싹거렸다.

예기치 못한 화재로 대원군의 심기가 불편해진 터라 일이 선이 마음대로 풀리지 않으리라는 것을 잘 아는데도 용이는 짐짓 무심히 받아쳤다.

"오겠거든 오고 말겠거든 말아라."

용이가 등골이 서늘해지는 찬바람을 일으키며 나는 듯 빠른 걸음새로 멀어졌다.

용꿈 꾸고 얻은 자식

"아들이 찾아왔다니 당최 무슨 말인지 원. 내가 모르는 아들이 하늘에서 뚝 떨어졌나? 아, 참. 삼척 조카가 아들 행세를 하고 나를 찾아왔나? 어찌 됐든 팔자에 없는 아들 덕에 반나절이라도 원수 같은 공사장에서 놓여나니 좋기는 하다만."

정 목수는 연신 고개를 갸웃거리며 공사장을 나와 객관으로 갔다.

은행나무 아래 평상에 앉아 있던 총각아이가 정 목수를 보고 몹시 반가워하며 달려왔다.

누굴 보고 저러는 거야? 내 뒤에 누가 있나?

정 목수는 그 총각아이가 선이라고는 꿈에도 생각하지 못했다. 그도 그럴 것이 아버지가 집을 비운 이 년 동안 선이는 키가 엄청나게 자랐고 이목구비도 훨씬 뚜렷뚜렷해졌다.

정 목수는 총각이 그토록 반가워하는 사람이 누굴까 궁금해 하며 뒤를 돌아보았지만 아무도 없었다. 그러다 마침내 총각아이가 바로 눈앞에까지 다가와 얼굴을 들이밀었고, 그때에야 비로소 정 목수는 총각의 눈망울과 미소가 낯익다는 사실을 깨달았다. 정 목수는 손등으로 눈을 비볐다.

"이, 이게 누구냐?"

"아버지! 아버지……."

선이는 아버지, 아버지, 하고 두 번 부르곤 목이 메어 말을 잇지 못했다. 정 목수 또한 목이 꽉 막혀 말을 못하고 눈물만 흘렸다.

두 사람은 객관 머슴에게 국밥 두 그릇을 시키고 평상에 마주앉았다. 정 목수가 소맷부리의 깨끗한 곳으로 선이의 눈물을 닦아 주었다. 선이는 아버지 소맷부리에 코를 갖다 대고 킁킁거렸다.

"아버지 냄새……. 이 냄새를 얼마나 그리워했다고요."

"녀석도 참……."

정 목수의 눈길이 선이의 바지저고리에 머물렀다.

흠뻑 젖었다 마르기 몇 차례였나. 있는 대로 구김살이 진 것은 그렇다 치더라도 흙모래와 이끼, 수초에 물들고 땀과 땟국에 절어 너저분하기 짝이 없는 입성이었다.

"보기 흉하지요?"

"아니다. 시대가 흉하고 세상이 흉한 거지, 우리 선이가 왜 흉해? 우리 선이는 치마저고리도 잘 어울리고 바지저고리도 잘 어울린다. 정선을 안 나서면 몰라도 정선서 한양이 어디라고 장옷 뒤집어쓰고 나서겠니? 잘 입었다. 바지, 잘 입었어. 그리고 나그네

의관이 너무 번듯해도 비적들 표적이 된다더라. 내남없이 먹고살기 힘들어 흉흉한 세상 아니냐. 그저 살아남는 게 최고니라. 암, 그렇고말고."

정 목수는, 꽃다운 이팔청춘에 멋을 부리기는커녕 소년거지 꼴로 나타난 선이가 행여나 그 겉모습 때문에 주눅 들까 봐 자꾸만 군말을 덧붙였다.

"그래, 선이야. 이 아비가 보고 싶어 천 리 길도 마다 않고 온 거냐? 덕포서 소금 배 타고?"

선이는 묵묵히 고개를 끄덕였다. 떼를 탔다고 하면 아버지가 놀라서 기함할 일이 눈에 선했기 때문이다. 아버지는 그사이, 몰라보게 여위고 추레해져 있었다. 머리털은 반백이 되었고 광대뼈는 불거졌고 이마와 눈가, 입가엔 주름이 깊이 파인 데다 허리도 굽었다. 마음까지 노인네처럼 약해졌는지 눈물이 그치지를 않았다. 선이는 그런 아버지에게 걱정을 끼치고 싶지 않았지만 그래도 어머니 얘기를 하지 않을 수는 없었다. 그동안 아내가 내내 앓았고 날이 갈수록 병증이 심해진다는 얘기를 듣자 입술을 깨물며 선이의 말에 귀 기울이던 정 목수는 깨문 입술 사이로 긴 신음 소리를 토해 냈다.

"정 목수 이 사람, 아들이 있었더랬나?"

그때, 객관에서 나오던 홍 도편수*가 정 목수의 어깨를 뒤에서

---

* 우두머리 목수.

툭 치며 물었다. 정 목수는 벌떡 일어나 양손을 모아 잡고 허리를 꺾었다. 선이도 얼떨결에 일어나 아버지를 따라 깊숙이 허리를 숙였다. 아버지보다 훨씬 젊어 보이는 자가 아버지를 하대하는 꼴이 보기 싫었지만, 이런 데서 기분 내키는 대로 행동할 수는 없었다.

"아이고, 도편수 나리. 이 아이는 소인의 아들이 아니옵고 딸이옵니다. 제 어미가 병을 앓아 죽을 지경에 처하고 사는 꼴이 엉망이 되다 보니 여식아이가 남장을 하곤 정선서 한양까지 천 리나 되 길을 허위허위 제 아비 찾으러 온 것입죠. 못난 아비한테 무슨 뾰족한 수가 있을 리 없는 데도요."

홍 도편수가 감탄을 감추지 않았다.

"저런, 책에나 나올 법한 얘기가 아닌가. 대단한 용기와 담력을 갖춘 여식일세그려. 생김새도 사내보다 듬직하구먼. 사내로 태어났으면 충무공 버금갈 장군감일세. 조물주가 큰 실수를 했네그려."

선이는 귀뺨이 빨갛게 달아올랐다.

맞는 말씀이어요. 조물주가 큰 실수를 했지요…….

도편수를 보좌하는 집사가 한마디 거들었다.

"참으로 책에 실릴 만한 효녀이오이다. 대원위 대감께 품의하여 효녀 표창을 하시는 건 어떠하올지요?"

도편수가 미간을 찌푸렸다.

"평시 같으면 대원위 대감께서도 감동하시고 기꺼이 효녀 표창을 하시겠지만, 화재 이후로 뒤숭숭하여 하루빨리 궁궐을 완공하라고만 재촉하시니……. 두고 봄세."

도편수가 허리춤을 뒤져 지전 몇 장을 꺼냈다.

"정 목수, 효녀 데리고 저잣거리에 나가서 시골서 구경하기 힘든 과자라도 좀 사 먹이게. 내 마음 같아선 당장이라도 자네를 고향 집에 보내 주고 싶네만, 그랬다간 내 목이 날아갈 참이니……."

선이가 앞으로 한 걸음 내딛으며 말했다.

"나리. 지금이라도 원납전을 내면, 제 아비가 고향으로 돌아갈 수 있사옵니까?"

정 목수가 선이의 옆구리를 아프게 찔렀다.

"인석아, 어느 안전이라고 함부로 나서느냐, 나서기를? 원납전이 언감생심 우리 형편에 꿈이라도 꿀 수 있는 돈이라더냐? 나리, 어린것이 물정 모르고 하는 말이오니 조금도 괘념치 마소서."

도편수가 손사래를 쳤다.

"아닐세, 아니야. 여식아이가 오죽 답답하면 그러겠는가?"

집사가 선이에게 말했다.

"요즘은 대원위 대감 엄명으로 공사 기한을 단축시키는 일이 급선무라, 네 아비처럼 재주 있고 눈썰미 좋은 목수는 원납전을 낸다 한들 부역 방면이 쉽지 않단다. 그런데 살림살이가 말이 아니라면서 어찌 그 큰돈을 마련할 작정이냐?"

선이는 목구멍까지 올라온 '떼돈'이라는 말을 침 삼키듯 집어삼켰다. 용이의 말이 생각났다. 돈을 좋아하고 돈에 목숨을 걸며 돈을 빼앗기 위해서라면 무슨 짓이든 하려드는 사람들……. 어차피 아버지의 부역 방면이 어려운 터에 떼돈까지 빼앗길 수는 없는 일이었다. 그리고 보니 집사의 눈빛이 연민으로 가득 차 있던 조금 전과는 달리 호기심과 욕심으로 그늘져 있었다.

"비, 빚을 얻어 보려 하옵니다. 소녀가 종살이를 하겠다고 하고 어떻게든 빚을 내어······."

"얘야, 그만, 그만해라. 다 가난이 원수요, 못난 아비 만난 탓이로다."

정 목수가 선이의 어깨를 감싸 안으며 울먹거렸다.

도편수가 혀를 찼다.

"쯧쯧쯧. 아무리 엄중한 나랏일이라지만, 못할 노릇일세, 못할 노릇이야. 어찌 됐든, 정 목수, 짧으나마 여식과 회포를 풀게나. 목재가 들어왔다니 내일 새벽부터 정신없이 바쁠 걸세."

도편수가 집사를 데리고 자리를 떴다.

객관 머슴이 국밥 두 그릇이 놓인 상을 들고 왔다. 머슴은 바로 물러나지 않고 미루적거렸다.

"소인도 타향살이 이십 년에 어머니, 아버지 생각하면 자다가도 눈물이 나는 사람이라, 댁네 사정이 남일 같지 않습니다요. 목이 메고 설움이 복받칠 때는 요기 명치가 꽉 막혀서 이런 국밥에도 체하기 십상입지요. 정선서 오셨다니 그저 아라리라도 한 자락 부르시고 밥을 자셔도 자시지요. 우선 아라리로 명치를 뚫어 주고 밥을 먹어야 창자에 탈이 안 납니다요."

"자네 말이 맞네. 물 만 밥에도 체할 것 같은 때엔 아라리가 제격이지."

정 목수가 오른손으로는 선이 손을 잡고 왼손으로는 제 허벅지를 툭툭 치며 목을 가다듬었다.

> 앞 남산의 피나무 단풍은 구시월로 들고요
> 이내 가슴 속단풍은 시시때때로 든다
>
> 앞 남산의 은행나무는 암수 서로 정답고요
> 님이야 님이야 내 님은 천만 리나 떨어져 죽어 가는구나
>
> 강물은 돌고 돌아 바다로나 가지요
> 이내 몸은 돌고 돌아 어디로 가는가
>
> 아리랑 아리랑 아라리요
> 아리랑 고개고개로 날 넘겨주게

객관의 밤이 무심히 깊어 갔다. 몸이 소금에 절인 배추처럼 늘어졌지만, 선이는 잠을 잘 수 없었다. 정 목수 또한 날이 밝자마자 현장에 가서 나무와 씨름해야 하는 처지였으나, 이 년 만에 만난 딸을 앞두고 차마 눈을 붙이지 못했다.

"도편수 나리가 돈도 주셨는데 저잣거리에 나갔다 올 걸 그랬구나."

"아버지 피곤하시잖아요. 구경이야 여기 오는 길에도 했고 내일 가는 길에 또 하면 되지요. 저는 그저 날 밝으면 아버지를 두고 저 혼자 떠나야 한다는 사실이 믿어지지 않아요."

"나도 마찬가지다. 널 데리고 도망이라도 치고 싶은 마음이 굴뚝 같구나. 나랏법이 엄중하여 내 몸 하나 도망치면 너희들까지 무사할 수 없으니 할 수 없어 묶여 있는 게지. 그건 여기 있는 모든 부역꾼들이 다 똑같단다. 다들 고향이 그립고 처자식이 그립지만, 돈 없고 힘없는 백성으로 태어난 죄로다가 이러지도 저러지도 못하고 날마다 해 뜨면 일하고 달 뜨면 눈 붙이며 그저 완공 날짜만 바라고 있지."

"아버지, 그런데 왜 이렇게 여위셨어요?"

"괜찮다. 집에 가서 우리 식구 넷이서 두레상에 둘러앉아 밥 먹으면 금세 회복될 거다. 타관 밥은 아무리 많이 먹어도 살로 안 가더라고. 그건 그렇고 너는 못 본 사이에 어째 이리 몰라보게 컸느냐?"

선이가 고개를 떨어뜨렸다.

"언니는 열네 살까지만 크고 더 안 커서 아담하고 예쁜데, 저는 아직도 덜 컸는지……. 계절 바뀔 때마다 옷이 작아져요. 어머니가 저만 보면 성을 내시는 것도 이해가 돼요. 저 같은 걸 키워서 어디에 써먹겠어요?"

"어머니가 요즘도 많이 때리냐?"

정 목수의 처진 입 꼬리가 살짝 떨렸다.

"…… 예. 그런데 어릴 때처럼 아프지는 않아요. 어머니 기운이 너무 쇠약해져서……."

정 목수가 땅이 꺼져라 깊은 한숨을 쉬었다.

"다 내가 못난 탓이다. 네 어머니는 처녀 적부터 몸이 약해서 먹는 거나 입는 거나 옆에서 챙겨 주고 돌봐 줘야 하는 사람인데, 그런 사람한테 돈 한 푼 없이 자식들 맡겨 놓고……. 어머니 미워하지 마라, 선이야. 다 내 탓이다. 내 죄다."

부녀는 잠시 말을 잃고 방바닥만 내려다보았다. 정 목수는, 막걸리 한 잔 생각이 간절했다. 선이는, 어머니를 미워하지 말라는 아버지가 불쑥 미워졌다. 그리고 또 그런 제가 당황스러웠다.

선이의 머릿속에서 아버지는 늘 착하고 공평하고 성실한 사람, 처자식을 끔찍이 위하는 사람, 식구들한테 문제가 생기면 그게 무엇이 바로바로 해결해 주는 사람이었다. 그래서일까. 어쩌면 선이는, 이번에도 아버지만 만나면 모든 게 해결되리라 믿었는지도 모른다. 그러나 이 년 만에 만난 아버지는 무력하기 이를 데 없는 사람, 아무 짝에도 쓸데없이 당신 탓만 늘어놓는 사람이었다. 그런데다 어머니를 미워하지 말라니.

"어머니하고 혼인하지 마시지 그러셨어요. 무엇하러 혼인하셔 가지고……."

정 목수가 마른하늘에 날벼락을 맞은 얼굴로 고개를 들었다.

선이의 눈꼬리가 꼬부라졌다. 명치 아래 꼭꼭 감춰 두었던 속말들이 목구멍을 치받고 올라왔다.

"어머니 부잣집에 시집가게 놔두셨음 어머니도 좋고 아버지도 지금처럼 내 탓이니 어쩌니 안 하셔도 되었을 텐데. 그리고…… 그리고…… 저 같은 괴물도 안 태어났을 거고요!"

정 목수는 제 귀를 의심했다. 눈도 의심스러워, 서너 번이나 감았다 뜨길 거듭했다.

이 아이가 누구인가? 걸핏하면 제 어미한테 매 맞고 욕먹으면서도 원망 한 마디 하지 않던 착한 아이, 일터에 데려가면 어떤 조수보다 야무지게 도와주던 그 아이는 어디로 가고…….

"왜, 괴물이라니 놀라셨어요? 괴물이지요. 사내도 아니고 계집도 아니니. 좋아요, 어머니하고 혼인을 하실 수는 있지요. 그런데 저는 왜 낳으셨어요? 좋아요, 낳은 것까지도 어쩔 수 없었다고 쳐요. 하지만 도대체 저를 왜 키우셨어요? 낳자마자 죽여 버렸음 이렇게 다 커서 괴로울 일도 없잖아요?"

정 목수는 마른침을 꿀꺽 삼키고 더욱 간절히 막걸리 한 잔 생각을 했다.

십육 년 전, 정 목수는 황룡이 지붕 위에 똬리를 틀고 앉은 꿈을 꾸었다. 마침 아내에게 태기가 있었고 부부는 몹시 기뻐하며 아들을 기다렸다. 아이는 뱃속에서부터 유달리 커서 허약한 아내를 힘들게 하더니 태어날 때도 아내를 반쯤 죽여 놓았다. 진통 또한 눈이 엄청나게 많이 내린 한겨울 오밤중에 급작스레 찾아왔다. 산파를 불러올 새도 없이 정 목수는 몸소 아이를 받고 탯줄을 잘랐다. 아들이었다. 기다리던 아들이 태어났다는 이야기에 아내도 죽을 고생을 한 보람이 있다며 업어 가도 모를 깊은 잠에 빠졌다. 하지만 더운물에 아이를 씻기던 정 목수는 너무 놀라 아이를 떨어뜨릴 뻔했다. 아이의 사타구니에는 구슬 같은 동그란 물건이 달려 있었지만 그것뿐이었다. 오줌 나오는 음경도, 고환 두 쪽도 없었다. 사타구니에 둥근 구슬만 있다뿐 온전한 여자의 음부 또한 갖추고 있었다. 그런 성기를 타고 난 아이를 아들로 키우자니 우선 군역*이 몸서리났다. 군대에 가더라도 거친 사내들 등쌀에 살아날 것 같지 않기도 했다. 정 목수는 아이를 딸로 키우겠노라 마음 먹었다. 시집보내지 않고 품에 끼고 살다가 때 되면 어디 깊숙한 암자에라도 맡겨서 제 명대로 살다 가도록 해야지 생각했다. 아내에게는 거짓말을 했다. 지독한 난산(難産)으로 막 저승 구경을 하고 온 이에게 차마 딸이란 얘기를 할 수 없어 아들이라 둘러댔노라고. 사실은 딸이라고. 아내는 불같이 화를 냈다. 우리 형편에 계집아이를 둘이나 키울 수 없으니 핏덩이일 때 서둘러 눈 속에 파묻으라고 성화를 해 댔다. 정 목수는 그런 아내가 미덥지 않아 한시도 아내에게 아이를 맡기지 못했다. 아내가 산후더침으로 자리보전을 하기도 했지만, 정 목수 스스로 먹이고 씻기고 입히는 일을 하나에서 열까지 제 손으로 해내며 키운 아이가 선이였다. 잘 때는 배 위에 엎어 재우고 뒷간에 갈 때는 안고 가고 일하러 갈 때는 띠를 해서 묶고 가며 뼈 빠지게 키운 자식이었다.

* 나라에서 성인 장정에게 부과하던 의무. 군인으로 직접 복무하거나 베(군포)를 내야했는데 조선시대 양민의 삶에 큰 부담이 되었다.

"널 왜 키웠느냐고……. 예쁘고 사랑스러워서……. 아비가 돼서 제 자식 키우는데 무슨 이유가 있느냐……."

늙고 추레한 아버지는 다음 말을 잇지 못하고 하염없이 눈물만 흘렸다.

어느덧 동창이 훤하게 밝아 왔다.

객관 머슴이, 보리를 섞은 쌀밥과 시래기 된장국, 파김치와 달걀찜, 숭늉이 놓인 간소한 아침상을 들고 왔다.

"어떻게, 부모자식 간에 쌓인 회포는 좀 푸셨습니까요?

정 목수가 꽉 잠긴 목을 큼큼 가다듬고 대답했다.

"그게 하룻밤으로 되겠나?"

선이는 눈물을 참느라 수저를 들지 못했다.

"먹어야 산다. 먹어라……. 선이야."

선이의 눈에서 닭똥 같은 눈물이 후두두 떨어졌다.

"사람이 살다 보면 죽는 게 낫다는 생각이 들 때가 있지. 이러지도 저러지도 못하고 얽매여 있을 때도 있고. 내 사는 꼴이 딱 그 짝이잖냐."

정 목수가 선이의 숟가락을 빼앗았다. 그리고 국에다 밥을 말아 한 술 떠서는 선이의 입에 넣어 주었다.

"나도 내 한 몸만 생각하면 달아나도 벌써 달아났고 한강수에 빠져도 벌써 빠졌다. 네 어머닐 생각하고 금쪽 같은 내 새끼들을 생각해서 아라리 한 자락에 온갖 시름 내려놓으며 그럭저럭 살아가는 게지. 선이야, 우리 어떻게든 살아남자꾸나. 경복궁 제깟 것도 언젠가는 완공되겠지. 밥 먹어라. 먹어야 산다."

정 목수가 국에 만 밥을 꾸역꾸역 씹어 넘기며 말했다. 선이도 마지못해 숟가락질을 했다.

선이가 그릇 비우는 것을 기어이 보고서야 자리에서 일어난 정 목수는 객관을 나오며 품에서 무언가를 꺼냈다. 나무로 깎은 작은 용이었다.

"우리 선이, 아비 찾아 천 리 길을 더듬어 온 선이한테 못난 아비가 줄 거라곤 이것뿐이구나. 목재 창고에 불이 나서 며칠 놀 때 깎았다."

선이는 또다시 핑 도는 눈물을 겨우 참다가 저고리 품속에 간직해 온 갑사댕기를 떠올렸다.

"어머니가 이거 아버지 가져다 드리라셨어요. 사연 있는 댕기라고……."

정 목수는 선이에게서 댕기를 받아 들고 북받치는 슬픔을 깨무느라 잠시 먼 산을 바라보았다.

사연이라……. 사연이 있지. 이 댕기에 네 어머니가 마음을 열었거든. 내가 이 댕기만 주지 않았어도 네 어머니와 혼인하지 못했을 터이고 그랬으면 선이 너도 태어나지 않았을 테니, 따지고 들자면 오늘 우리가 부녀의 연으로 이 자리에서 속울음을 우는 것이 다 이 댕기 탓이로다.

정 목수는 선이가 들고 있던 용의 꼬리에 댕기를 감았다.

"아비는 안 그래도 마음잡기 힘들다. 이런 거 갖고 있다 무슨 사달을 일으키려고? 내가 우리 선이 머리도 참 많이 땋아 주었는데, 한 번도 이렇게 예쁜 댕기를 물리지 못했구나. 이제 정선 가서 여자 옷으로 바꿔 입거들랑 이 댕기를 쓰려무나."

정 목수는 손재주가 좋아서인지 머리 땋는 솜씨도 출중했다. 예쁜 댕기는 물리지 못했어도 종종 땋은 머리만큼은 어떤 집 귀한 여식들보다 돋보이게 해 주었던 아버지…….

선이가 대꾸를 못하고 서 있자, 정 목수가 입술을 꾹 깨물며 돌아섰다.

"너는 누가 뭐래도 이 아비가 용꿈 꾸고 얻은 자식이다. 그걸 잊지 마라."

정 목수의 어깨가 어제보다 더 앙당그러져 있었다.

떼돈은 먼저 보는 놈이 임자

용이가 종로 포목전 주인에게 당백전을 내밀었다.

"광목을 마흔다섯 통씩이나? 떼돈 버셨구먼. 우리 점방에서 광목을 이렇게 많이 떼어 가는 사람이라면 팔도의 포목상인 말고는 떼꾼뿐이거든."

용이는 무표정한 얼굴로 기다 아니다 아무 말도 하지 않았다.

"잘 생각했소. 목숨 걸고 떼돈을 벌었으면 그걸 밑천 삼아 잘 먹고 잘 살 궁리를 해야지, 주막 색시들 치마폭에 다 밀어 넣어서야 되겠는가 말이지. 내가 그런 돼먹잖은 인간들을 하도 많이 봐서 하는 말이오."

용이가 여전히 대꾸를 하지 않자, 주인은 쩝, 입맛을 다시고 발기를 썼다.

"여기 광목 마흔다섯 통 수량과 내 인감도장이 찍힌 발기요. 이 달 말에 덕포 나루에서 인수하시오."

용이는 말없이 광목 발기를 받고 돌아섰다. 그리고 번잡한 거리를 총총히 지나 외진 골목길 끝집 어두컴컴한 뒷간으로 들어가는 척하다, 한 마리 뻐꾸기로 둔갑하여 날아올랐다.

그리고 다시 마포 나루까지 날아온 뻐꾸기는 한 주막 마당귀 추자나무 가지 사이에 몸을 숨겼다. 주막의 너른 마루에서는 여러 강주인들과 청지기들, 떼꾼들이 술잔을 기울이며 용이와 선이 얘기를 안주 삼아 떠들고 있었다.

"내 손으로 황장목을 인수하고도 의심스럽다니까."

"그러게, 아무리 항우장사라도 글쎄, 정선에서 이곳까지 사흘 만에 떼를 몰고 오다니, 그게 사람이야 귀신이야?"

"귀신이래."

"정말? 누가 그래?"

"그냥 해 본 소리야. 하하하."

"아냐. 사람의 힘으로 가능한 일이 아니야. 귀신인지 뭔지는 몰라도 어쨌든 사람이 아닌 것만은 틀림없어."

"사람이 아니라니? 그럼 뱀장어란 말인가?"

"뱀장어인지 물뱀인지는 나도 모르지."

"그러다 이무기 소리 나오겠다. 원, 싱거운 사람 같으니. 흰머리가 늘더니 흰소리까지 느네그려."

용이가 사람들 동정을 살피고 선이가 정 목수를 만나 객관에서 밤을 새우는 동안, 밤눈 좋은 동강 낚시꾼들의 시야에는 물안개 속에서 스멀스멀 기어올라 바위벼랑 속 동굴로 들어가는 한 마리의 거대한 이무기가 잡혔다. 낚시꾼들은 기겁하여 낚시 도구도 챙기지 못하고 걸음아 날 살려라 도망쳤다.

동굴 속으로 들어간 이무기는 갑갑하다는 듯, 이무기 허물을 휙, 벗어던졌다.

"이따위 가짜 이무기 허물, 이젠 필요 없어. 흐흐흐. 놈을 잡으면 가죽은 가죽대로 벗겨 놓고 몸통은 푹푹 고아서 탕을 끓여야지. 한 솥 끓여서 나 혼자 먹을 테다. 흐흐흐. 흐흐흐."

엽령귀가 웃을 때마다 몸에서 떨어져 나온 무기들이 동굴 안 종유석에 부딪치며 끊임없이 투두둑, 투둑, 소리를 냈다.

"인간들이 멀리서 쏘아 대는 총알로는 이무기를 죽이기 힘들어. 보통 녀석이 아니니까. 가까이 다가가서 대가리에다 폭약 같은 걸 터뜨려 주면 딱 좋은데, 인간들은 겁이 많고 우둔하니 보나마나 가까이 가진 못하고 멀찍감치 서서 들입다 총질만 해 댈 거야. 일단은 인간들을 시켜 힘을 뺄 수 있는 데까지 빼 놓고 그다음에 내가 나서서 끝장을 봐야지. 무작정 덤볐다가는 놈한테 되치일 수 있어. 기막힌 방법을 생각해 내야 해. 아주 기막힌 방법을!"

엽령귀가 팔을 흔들자, 몸통에서 찐득찐득하고 시커먼 기름이 흘러내렸다.

"이왕이면 그놈이 아끼는 어리석은 인간을 이용해서 말이야."

기름 냄새가 지독했지만, 엽령귀는 그런 것 따위에는 아랑곳없다는 듯 호랑이 가죽 요에 드러누워 곰 가죽 이불을 다리 사이에 끼웠다.

"형님!"
 사람들에게 연신 길을 물어 가며 간신히 마포 나루터에 도착한 선이는, 짝다리를 하고 강물을 바라보는 용이를 발견하자 재게 뛰어갔다.
 "형님, 저 왔습니다."
 용이는 눈썹을 올렸다 내리는 것으로, '왔느냐'라는 인사를 대신했다. 용이가 그러거나 말거나 선이는 용이가 무지 반가웠다. 함께 죽을 고비를 넘기며 정도 들었거니와 아비 없이 돌아가는 헛헛한 마음에 의지가 되어 줄 이도 용이였다.
 "소금 배 타는 곳이 여긴가요?"
 용이가 보일 듯 말 듯 고개를 끄덕이더니 작은 돌멩이를 집어 나루터 구석, 흰 수련이 피어 있는 곳으로 던졌다. 때 아닌 물결이 동심원을 그리자, 수달 두 마리가 펄쩍 뛰며 달아났.
 "형님, 여기도 수달이 사는군요?"
 용이가 그제야 입을 뗐다.
 "여기도? 조선에 팔도가 있다는 건 아느냐?"
 선이가 입을 살짝 빼물고 답했다.
 "아무렴 그것도 모를까요."

사실은, 모른답니다. 조선 팔도, 조선 팔도, 들어만 보았지요. 나고 자란 정선밖에 모르다가 어제오늘 단 이틀, 한양 구경 해 봤네요.

"팔도가 있으면 강은 몇 개나 될까 생각해 보았느냐?"

그러게, 강은 몇 개나 되며 수달은 몇 마리나 살까요?

선이가 바로 대답을 못하고 머뭇거리자, 용이가 말을 이었다.

"이 넓은 세상에 비하면 조선 땅을 전부 다해도 강물 속의 모래알 하나 정도밖에 안 된다는 사실은 생각해 보았느냐? 이 세상에 얼마나 많은 사람이 사는지, 그 사람들이 또 얼마나 각양각색인지는?"

선이가 뒤통수를 긁적거리다 말고 빙그레 웃었다.

"하기야. 닷새 전까지만 해도 제가 형님 같은 분을 만날 거라고 꿈이나 꿨게요?"

형님처럼 신통방통한 분과 사흘 밤낮 떼를 타고 한양 구경을 하다니요. 아무리 생각해 봐도 생시에 일어난 일 같지 않고 신 나는 꿈을 한바탕 꾼 것 같아요. 실은 좀 전에도 꿈이 아닌가 싶어 생살을 꼬집어 뜯었답니다. 아팠어요. 손톱자국도 빨갛게 남더군요. 꿈이 아니라는 얘기지요. 아랫배에 꽁꽁 싸맨 떼돈도, 아버지가 주신 나무 용도, 지금 내 눈 앞에 있는 형님도.

용이의 입가에도 미소가 번졌다.

네가 내 꿈을 얼마나 많이 꾸었는데……. 밤마다, 때로는 낮에도 내가 얼마나 자주 네 꿈속을 나들었는데 그런 얘기를 하느냐.

"그래, 아버지는 편안하시던?"

선이의 웃던 입매가 별안간 바르르 떨렸다. 용이에게 제 낯꼴을 들키지 않으려는 듯, 선이가 황급히 돌아서서 고개를 떨어뜨렸다.

그저 인사치레를 하려던 용이는 제가 선이의 아픈 곳을 잘못 건드렸다 싶어 미안해졌다. 그래도 모른 척 소금 배 쪽으로 발길을 돌렸다.

"가자. 배 떠나겠다."

선이는, 손수건에 싸서 품 안에 간직한 나무 용을 어루만지며 용이를 뒤따랐다.

편안하시더냐고요? 그럴 리가요. 안 그래도 편안할 턱이 없는 아버지께 더한 괴로움을 얹어 드리고 왔답니다.

선이와 용이가 열 배의 떼돈을 받았다는 소문은 소금 배가 닿는 나루터마다 선원들의 입을 타고 퍼져나갔다. 나루터에서 내려 제 삶터로 돌아간 떼꾼들이 소문에 살을 붙여 퍼뜨리기도 했다. 소문을 들은 주막집 주인들은 색시들을 불러 놓고 무슨 짓을 해서라도 그 젊은이 둘을 붙들라고 귀가 따갑도록 잡도리했다.

단양 나루에서 가장 큰 주막의 주모 김연옥도 선이와 용이를 주막으로 꼬드겨 떼돈을 알겨내야겠다고 마음먹었다.

"흥, 떼돈은 본시 먼저 보는 사람이 임자지. 한양서 소금 배를 탔으면 단양 나루에는 안 내릴 수가 없을 터. 좋다. 그놈들한테는 이

김연옥이가 몸소 나선다. 제깟 놈들이 아무리 신출귀몰한들 그래 봤자 사내놈들인데, 강릉 기생도 울고 간다는 이 김연옥이 미색에 무릎 꿇지 않을 도리가 있겠어?"

점재 출신 욕쟁이 주모의 집에서도 한바탕 난리가 났다.

"우라질, 일하다 죽은 조상이 있나, 웬 게으름들이야? 잡것들아, 시방 때가 어느 땐데, 정신들을 못 챙기고 있어? 창포물에 머리 감고 팥비누로 세수하고 젤 고운 옷으로 떨쳐입고 분단장도 곱게, 곱게 하라니까."

"아, 그 귀신 떼꾼들 후려잡으라고요?"

"귀신은 무슨, 똥물에 튀길! 귀신이건 무엇이건 우리는 돈만 알겨내면 장땡이야."

그때 주막 머슴이 엉덩이에 비파 소리가 나도록 호들갑을 떨며 달려왔다.

"저 시러베자식은 또 왜 저리 호들갑이야?"

주막 머슴이 숨에 턱에 닿아 씩씩거리며 말했다.

"기, 김연옥이네서 드, 듣고 오, 왔는데요."

"아, 뭐를?"

"그, 글쎄 그, 귀신같은 떼꾼들이……"

"아, 좀 빨리 말해. 성질 급한 사람 숨넘어가겠다, 이놈아."

"그 떼꾼들이 시방 소금 배를 타고 단양 나루로 들어오고 있답니다요."

주모가 맨발로 섬돌 밑으로 내려섰다 도로 올라서며 수선을 피웠다.

"에구머니나, 연옥이년, 그 이무기가 물어 갈 년이 선수 치기 전에 우리가 그 귀신들을 잡아야 한다. 암, 잡아야 하고말고. 잡것들아, 얼른 준비해. 얼른!"

때마침, 그 주막 봉놋방에서는 덕포 주막에서 머슴살이하던 노름꾼 전 씨가 대낮부터 술에 취해 아라리를 흥얼거리고 있었다. 덕포에서 한 밑천 챙겨 더 큰 돈을 바라고 단양으로 왔다가 어제부로 알거지 신세가 된 이였다.

    신발 벗고 못 갈 곳은 밤나무 밑이요
    돈 없이 못 갈 곳은 색시 있는 술집이라

    앞 남산 호랑나비는 왕거미줄이 원수요
    나의 백년 원수는 금전이로다

    역발산기개세(力拔山氣蓋世)하는 항우 같은 장사도
    금전이 없으면 무슨 소용 있느냐

    제 잘났느니 내 못났느니 인물 다툼 말아라
    노랑전 한두 푼이라도 그놈이 정말 잘났네

    술 잘 먹고 돈 잘 쓸 때는 금수강산일러나

술 못 먹고 돈 못 쓰니 적막강산일세

아리랑 아리랑 아라리요
아리랑 고개고개로 날 넘겨주소

　목구멍에 삼 년 묵은 가래가 붙은 듯 둔탁하기 짝이 없는 그 음성이 시나브로 잦아들었다.
　아라리 한 소절을 마친 전 씨는 문짝에 귀를 바싹 갖다 대고 욕쟁이 주모가 색시들에게 하는 소리를 엿들었다.
　뭐라? 그것들이 진짜로 아우라지에서 한양까지 사흘 만에 떼를 몰았다고? 이런 제기랄, 하늘도 불공평하시지. 누구는 떼돈에 쌈짓돈에 마누라 고쟁이춤에 든 지린내 나는 돈에 어린자식 코 묻은 돈까지 다 날려서 사람 취급도 못 받고 이러고 자빠져 있는데, 그 놈들은 무슨 운발이 그리 좋단 말인가? 내가 손 좀 봐줘야지, 안 되겠어.
　전 씨가 두 손으로 투전 패 섞는 흉내를 냈다.
　이무기가 둔갑했다는 앞사공 놈이 설마 이무기일 리야 없지마는, 척 봐도 항우장사 저리 가랄 풍채가 아닌가. 잘못 건드렸다간 뼈도 못 추릴 게야. 웬만하면 그 앞사공 놈은 피하고 멀대 같은 뒷사공 총각을 따라붙었다가 틈을 보아 쓱싹, 해야지. 이 씨가 뭐라더라? 부역 간 아버지 대신 살림을 책임지는 효자라던가? 좋아, 좋아. 흐흐. 본디 착한 녀석들이 귀가 얇고 어리석은 법이거든.

전 씨는 자못 흡족한 얼굴로 후우, 긴 한숨을 내쉬었다.

나는 그놈 얼굴을 알지만 그놈은 내 얼굴을 모르니 아주 박자가 딱 맞아떨어지는구먼. 우선은 나루터에서 소금 배를 기다렸다가 그놈들이 여장을 푸는 주막을 알아 둬야지. 그러곤 몰래 숨어서 동정을 엿보다 뒷사공 놈이 혼자 있을 때 감언이설로 꼬드기는 거야. 투전판에 끌어들이든 술을 먹이든 잠시 정신 줄을 놓게 만들고 감쪽같이 털어내면 끝! 흐흐흐. 원래 벼락같이 버는 돈은 벼락같이 잃게 돼 있어. 누군 뭐 왕년에 떼돈 안 벌어 봤게?

전 씨가 미간과 입가에 깊은 팔자 주름을 만들며 창구멍을 내다보았다. 저녁놀 스며든 물빛이 꿈결처럼 아름다웠다.

더는 그레질을 할 필요가 없어진 용이가 모처럼 선이 옆에 나란히 앉아 넓고 푸른 한강수를 고즈넉이 바라보았다.

"그래, 소원은 이뤘어?"

선이가 저도 모르게 복대를 만지며 웃었다.

"떼돈 벌어 부자 되는 소원이요? 부자도 부자 나름이겠지만, 우리 집 형편을 생각하면 소원 성취를 한 셈이지요."

"그거 말고……. 진짜 네 소원."

"네?"

선이가 깍지 꼈던 손을 풀고 용이를 돌아보았다.

"네가 사람인지, 그리고 왜 태어났는지 알고 싶댔잖아."

선이가 손끝으로 제 입술을 톡, 때렸다.

바보같이, 혼잣말을 한다는 게 소리를 냈구나. 형님은 참, 귀도 밝으셔.

"아버지가 제 태몽을 꾸셨거든요. 용꿈이요. 그걸 잊지 말라고 하셨어요. 그러니까……."

"그러니까?"

"용꿈 꾸고 얻은 아이……. 그 말씀을 곰곰 곱씹어 보면 답이 나올 거 같아요."

용이가 더 묻지 않고 말을 돌렸다.

"친구는…… 어때? 많아?"

선이가 의아스러운 얼굴로 되물었다.

"친구요? 정선 여량리 사는 간난이, 막딸이, 꽃분이 같은 애들 말이에요?"

"걔들하고 요즘도 친하니?"

선이가 시선을 갑판으로 떨어뜨렸다.

"어릴 때는 친했는데……."

"사람만이 친구가 될 수 있는 건 아니잖아. 네가 말 섞는 꽃, 풀, 새 이름 좀 불러 봐."

선이가 고개를 돌려, 도무지 무슨 소리인지 모르겠다는 듯 어리바리한 눈빛으로 용이를 쳐다보았다.

"그 친구들 이름을, 여기서 왜요?"

"그냥."

그냥? 풋.

용이가 무게를 잡지 않고 가벼이 말하는 품이 좋아, 선이는 저도 모르게 웃음을 머금었다.

"좋아요. 그게 형님 소원인 거지요?"

용이가 대꾸하지 않았지만, 선이는 고개를 갸웃한 채 친구들 이름을 주워섬기기 시작했다.

"보릿고개 명줄을 이어 주는 애쑥, 냉이, 민들레, 아라리가 생각나는 으아리, 똑 따서 먹고픈 산딸기, 무늬가 멋진 표범나비, 삐리삐리 소리가 귀여운 딱새, 꽁지 방정 잘 떠는 노랑 참새, 까마귀 무리에 혼자 하얀 해오라기……."

용이의 입가에 보일 듯 말 듯 미소가 번졌다.

표범나비, 딱새, 노랑 참새, 해오라기, 그런 친구들이 나였어. 내가 네 곁을 맴돈 거야. 선이야, 네가 내 꿈을 꿀 때, 나는 네 꿈을 꿨단다. 너는 고작 십육 년이지만, 나는 천 년 동안 네 꿈을 꿨어.

용이의 허벅지 주변으로 용 비늘이 하나둘, 돋아났다. 용이는 피부만이 아니라 마음으로도 점점 커져 가는 용의 기운을 느끼며 선이의 목소리를 음미했다.

그때, 위태롭게 쟁여져 있던 소금 가마니 더미가 한꺼번에 선이 쪽으로 기울었다. 소금 가마니가 선이를 덮치려는 찰나, 용이가 재빨리 선이 쪽으로 뛰어들어 소금 가마니를 슬그머니 원래 자리로 밀어 넣었다. 사람의 솜씨가 아닌 민첩함과 괴력이었다. 얼마나 재빠른지 선이조차 무슨일이 일어났는지 눈치채지 못한 채 여전히 제 친구들의 이름을 읊고 있었다. 하지만 정작 용이는 행여나 사람들이 목격하고 의심의 눈초리를 보내고 있지는 않을까 걱정이 돼 사방을 두리번거렸다. 그러다 그만 갑판 널빤지 위에 튀어나와 있던, 녹이 잔뜩 슨 못을 피하지 못하고 밟아 버렸다.

으악!

용이가 터져 나오는 신음 소리를 깨물며 손가락으로 못을 휙 잡아 빼어 강물에 던졌다. 발바닥에서 검푸른 핏물이 흘러나왔.

선이는 놀라서 발을 동동 굴렀다.

"형님, 괜찮으세요?"

선이는 얼른 선실로 달려가서 놋대야를 얻어 왔다. 그리고 대야 한가득 강물을 퍼 담고는 소금을 듬뿍 풀었다.

"여기다 발 담그세요."

용이 발을 대야에 넣고 걱정스레 살피던 선이가 코허리에 주름을 잡았다.

헌데 피 색깔이 왜 이렇지? 밤하늘 색깔처럼 검푸르잖아? 혹시 파상풍 독이 올랐나? 큰일이다, 큰일이야.

선이의 목소리가 절로 커졌다.

"형님, 녹슨 못에 잘못 찔리면 파상풍 독이 오를 수 있어요. 아버지 따라다니면서 배운 거예요. 피가 좀 아깝더라도 독이 함께 빠져나오는 거니까 한참 담그고 계시어요."

용이는 알겠다는 눈대답만 하고 선이가 하는 대로 놓아두었다.

이무기의 핏빛은 초록색, 용의 핏빛은 검은색……. 핏빛이 검푸

르다는 건 내가 이무기에서 용으로 바뀌어 가고 있다는 증거렷다.

 선이는 용이의 발을 소금물로 정성껏 소독한 뒤, 저고리 안주머니에서 아버지가 준 용을 꺼내 꼬리에 묶인 갑사댕기를 풀었다.

 나한테는 금보다도 은보다도 소중한 물건이지만, 용이 형님한테 쓰는 건 아깝지 않아. 조금도 아깝지 않아. 더 귀한 것이라도 줄 수 있어.

 선이는 용이의 발에 난 상처에다 그 예쁜 갑사댕기를 감아 주었다.

나루터를 떠도는 살기

 단양 용바위봉 중턱으로 올라가는 길목에, 사냥꾼들이 모이곤 하는 산막이 있었다. 산막치고는 큰 편이었지만 그래 봤자 산막인지라 상주하는 사람은 없고 짐승이 잘 잡힐 때만 사냥꾼 예닐곱 명이 들락날락하며 밥을 해 먹고 잠을 자는 곳이었다.
 그런데 별반 사냥철이랄 것도 없는 5월 중순, 논밭 가진 사람들은 모내기하고 밭 갈고 씨 뿌리느라 정신없는 농번기에, 사냥꾼이 무려 스무 명 남짓이나 이 산막으로 도둑고양이처럼 스멀스멀 모여들고 있었다.
 이제는 완연히 세뇌되어 엽령귀의 앞잡이가 된 떼꾼 이 씨는 그들을 맞이하여 미리 준비해 놓은 밥과 고깃국을 양껏 먹였다. 그리고 그들 하나하나에게 술 한 잔씩을 부어 주며 말했다.
 "지금이 물 많은 장마철도 아닌데 어찌 사람의 힘으로 아우라지에서 마포 나루까지 사흘 만에 떼를 나룰 수 있단 말인가? 내가 분명히 이 두 눈으로 보았네. 그 앞사공 용이란 놈이 사람으로 둔갑한 이무기일세. 그놈이 저질러 온 행악인즉슨 다들 잘 알지 않는가? 내가 단양 나루에 나드는 소금 배를 철저히 감시하고 있다가 놈이 오는 즉시 통기할 터이니 자네들은 만반의 준비를 하고 있다가 곧바로 총을 들고 집합하게. 그놈을 잡기만 한다면야 그놈이 가지고 있을 떼돈은 우리 몫이 아닌가? 내가 다들 섭섭지 않게 찔러줄 테니 내 말만 믿고 따르게!"

상투도 틀지 않고 머리털을 사자 갈기처럼 헝클어뜨린 사냥꾼 하나가 술잔을 단숨에 비워 버리고는, 끄억, 트림을 했다. 그 옆에 섰던 털복숭이 사냥꾼이 소리쳤다.

"제 아무리 용 못 된 이무기라고 하지만, 총을 든 사냥꾼이 스물한 명씩이나 달려드는 데야 빠져나갈 도리가 없을 게요. 떼돈도 떼돈이지만, 사냥꾼이 되어가지고 감히 인간을 해치는 짐승을 어찌 눈 뜨고 봐줄 수 있단 말이오?"

사냥꾼들이 술잔을 부딪치며 호응했다.

"맞아, 맞아."

"그렇지!"

"사냥꾼의 자존심이 있지!"

"덩달아 떼돈도 챙기면, 꿩 먹고 알 먹고!"

"도랑 치고 가재 잡고!"

선이와 용이가 단양 나루에 도착했을 때는, 저녁 어스름이 산그늘에서 출발하여 작은 언덕들을 넘어 나루터 마을까지 야금야금 삼키고 있을 즈음이었다. 단양 나루에서 하룻밤 쉬어 가는 소금배의 일정을 따라 선이와 용이도 나루터 주막에 숙소를 정해야 했다.

선이는 정선이 멀지 않았다는 생각에 기분이 한껏 들떴다. 비록 아버지를 빼내 오지도 못하고 괜스레 아버지 마음에 생채기만 남긴 것은 아닌지 마음 한켠이 무거웠지만 어쨌든 떼돈을 벌었으니 정이 언니도 못한 일을 해낸 셈이 아닌가. 이제 빚 갚고 언니 시집 보내고 밭을 사서 농사지으며 아버지를 기다리면 되는 것이다.

선이는 일부러 굳은 표정을 지으려 했으나 입가에 슬며시 떠오르는 미소를 어찌할 수 없었다. 발걸음도 날아갈듯이 가벼웠다.

하지만 용이는 달랐다. 온몸의 신경이 올올이 긴장하여 단양 나루터에 떠도는 살기와 탐욕을 느꼈다.

아니나 다를까 두 사람의 발이 뭍에 닿자마자, 울긋불긋 색옷을 갖춰 입은 색시들이 떼로 몰려나와 용이와 선이의 팔을 잡아끌었다.

"아이고, 인물들도 훤하셔라. 어떤 집 처자를 호강시켜 줄는지, 에그, 부러워. 도련님들, 우리 주막으로 오시와요. 잘해 드릴게, 응?"

색시들은 자기네끼리도 싸웠다.

"야, 옥경이, 이년아. 이 도련님, 내가 붙들었어. 너랑은 아무 상관없거든. 썩 꺼지지 못해?"

"이년이?"

"뭐, 이년? 엇다 대고 년, 년이야? 내가 너보다 밥을 먹어도 천 그릇은 더 먹었거든. 욕쟁이 주모 밑에서 빌어먹고 있는 주제에 말이 많구나."

"욕쟁이라도 김연옥이보다는 의리 있는 주모걸랑!"

색시 둘이 싸우는 틈을 타서, 선이는 몸뚱이를 고슴도치처럼 웅크리고 달아났다. 그렇게 한참을 뛰어가다 보니 용이가 보이지 않았다.

"형니이이이이이님?"

선이는 왔던 길을 되짚어가며 두리번두리번 용이를 찾았다.

용이는, 김연옥이네 주막과 욕쟁이네 주막 사이에 서 있었다. 용이의 검고 긴 눈썹이 꿈틀, 움직였다. 그의 발길이 욕쟁이네를 향하자, 선이도 용이를 따라 욕쟁이네로 들어갔다.

버선발로 뛰어나와 용이와 선이를 반기던 주모가 어깨춤을 덩실덩실 추며 말했다.

"없는 거 빼고 다 있는 집이우. 아무거나 필요한 거 있으면 요만큼도 주저 말고 말하시구려. 내가 용 고기라도 해다 바칠게."

용이가 주모를 쓰윽, 노려보았다. 주모가 휘청, 뒷걸음질을 할 만치 맵짠 눈씨였다.

"아무것도 필요 없소. 호젓한 봉놋방 하나만 주시오."

고드름이 달릴 듯 음성 또한 싸늘했다.

"수, 수, 술상은 어떻게?"

"필요 없다지 않소?"

주모가 땅이 꺼져라 한숨을 쉬었다.

돼지고기랑 횟감이랑 잔뜩 사다 놓았고, 술도 몇 동이나 걸러 놨고, 수완 좋은 색시 골라 옷치레 분단장도 똑똑히 시켜 놓았건만……, 한 달 장사 하룻밤에 뽑으려고 작심, 또 작심했더니…….

"그, 그럼, 바, 밥은 어떻게? 잉어찜 쪄 드릴까, 아님 돼지고기 전골 끓여 드릴까?"

"나는 필요 없소. 너는 어떠냐?"

용이가 선이를 돌아보지도 않고 의향을 물었다.

잉어찜, 돼지고기 전골! 선이는 절로 입안에 괴는 침을 꿀꺽 삼켰다.

뭐, 떼돈이 있으니 오늘이 아니라도 언젠가 먹어 볼 날이 있을 게다.

"저, 저는 먹어도 되고 안 먹어도 되지만, 그냥 뭐, 저 혼자 밥상 받아서 먹기도 뭣하니까, 그냥 뭐, 누룽지 같은 거 있으면 주셔도 되고 안 주셔도 되고……."

선이가 용이 눈치를 살피며 우물쭈물 대답하자, 자라목을 한 채 눈을 착 내리깔고 있던 주모가 바들바들 떨며 말을 받았다.

"누룽지는 부엌 소쿠리에 있으니까 자시고 싶으면 얼마든지 자시구려. 에그, 갑자기 웬 쪽대가리가 이리 아프누. 아이고, 이년의 웬수 같은 대가리. 내 언제고 이놈의 대가리를 손도끼로 확 쪼개

버리고 말지."

 주모가 불에 그슬린 돼지처럼 뒤도 돌아보지 않고 안방으로 달음질쳤다.

 노리는 자가 있어. 한둘이 아니야.
 용이는 꼿꼿이 앉은 채 자세를 흩트리지 않았다.
 "형님, 안 주무셔요? 저는 좀 피곤해서요. 먼저 잘게요."
 어찌어찌 허기를 달랜 선이는 봇짐도 풀지 않은 채, 요 위에 털썩 드러누웠다.
 누룽지 먹고 찬물 한 바가지 들이켰으니 두 시간쯤 자고 나면 오줌이 마려울 거야. 그때 오줌 누러 나가는 척하고 일어나서, 아버지를 잘 안다는 그 떼꾼을 좀 만나야겠어.
 선이는 눕자마자 잠이 들어 가르랑가르랑 코까지 골았다. 용이는 그 소리에 저도 모르게 빙긋이 미소 지었다.
 녀석. 새끼 범 같군.
 용이는 선이가 뗏목에서 들려준 범여울 얘기를 떠올렸다.
 선이야, 범들이 설마 그렇게 어리석었을까. 새끼 범들이 잠깐도 어미한테서 떨어지지 못했다는 이야기를, 어미가 그리 큰 돌을 제 새끼 머리 위에 얹었다는 이야기를, 어떻게 믿을 수 있겠니. 선이야, 그건 인간들이 제멋대로 지어낸 이야기야. 범이든 곰이든 제 명대로 못 살고 죽은 것들 중 열에 일고여덟은 사냥꾼들 총에 맞아 죽은 거야. 그럼 열에 두셋은? 굶주린 엽령귀에게 영(靈)을 먹히고 가죽을 빼앗겼겠지.

나도 내 본디 모습을 찾지 못하면, 언젠가는 엽령귀에게 먹히고 말 거야. 남는 것은 엽령귀의 동굴 맨 앞자리에 자랑스레 전시될, 세상에 다시없을 이무기 가죽뿐…….

선이야, 도와줘. 내 본디 모습을 찾을 수 있게, 네가 도와줘. 시간이 얼마 남지 않았어.

용이는 제 말이 선이의 꿈속에 가 닿을 수 있도록 마음을 집중하려 애썼다. 그러나 바깥벽 너머에서 색시들이 모여 구시렁거리는 볼멘소리가 용이를 방해했다.

"에이. 짜증나. 돈도 많으면서 이런 데서 좀 풀면 안 되나?"

"그러게 말이에요. 좀팽이, 노랑이 같으니라고."

"아니, 어떻게 사내 명색으로 내 간드러지는 콧소리에 넘어오지 않을 수가 있어? 저것들은 사내도 아니야."

"사내만 아니게요? 사람도 아니랍디다. 떼 모는 재주가 귀신 뺨친대요."

"에구머니나, 무서워라. 그런 말씀은 하지 마세요, 언니. 멀쩡하다 못해 잘도 생긴 남정네들을 두고 못하는 말씀이 없네요."

"그러게요. 또 알아요? 밤중에 몰래 불러낼지."

"야야, 꿈도 꾸지 마라. 아까 우리 욕쟁이 주모가 기함하고 드러눕는 꼴, 못 봤니? 보통 좀팽이나 노랑이 같으면 내가 어떡하든지 무리수를 써 보겠어. 그런데 어딘가 무섭고 끔찍한 데가 있잖아.

감히 범접을 못하게 하는……."

 이윽고 색시들도 물러나고 사방이 괴괴해졌다. 통나무처럼 꼼짝 않고 자던 선이가 몸을 뒤척이자 용이도 선이 옆에 누워 자는 척 눈을 감았다.

 선이가 꼼지락꼼지락 몸을 일으켰다.

 "형님, 주무세요?"

 대답이 없자 선이가 재차 용이를 불렀다.

 "형님?"

 그레질할 때는 천하장사 같더니 잘 때는 큰 아기 같으셔.

 용이가 깊이 잠든 것을 확인하고서야 선이는 혼잣말을 중얼거리며 일어났다. 윗목에 놓인 놋요강이 선이를 유혹했지만, 선이는 소리가 나지 않도록 조심조심 지게문을 열었다.

 요강에 오줌 누다가 형님이 깨면 어떡해. 귀찮아도 변소에 가야지. 그런데 오늘 꿈은 왜 이리 이상하담? 내가 무슨 힘이 있다고 감히 용을 도와? 돕고 싶어도 도울 방법을 알아야 말이지.

초장 끗발은 개 끗발

　가느다란 하현달이 용바위봉 위에 활 모양으로 걸려 있었다. 선이는 달빛조차 들지 않는 어두컴컴한 변소 쪽을 바라보았다.
　무서워. 귀신 나올 것 같아. 등롱이라도 들어야 저길 가지, 그냥 갔다간 똥통에 빠지고 말걸?
　선이는 주변을 살핀 뒤 살구나무 아래에서 슬쩍 바지를 내리고는 쏴아, 쏴아, 오줌을 누었다. 밤안개가 여윈 달빛에 젖어 은실처럼 내려앉은 강변에서 능수버들이 하늘 선녀의 머리채인 듯 느루하늘거렸다.
　주막 아래채만 불이 환했다.
　갈까 말까, 선이는 잠시 망설였다. 저녁녘 부엌에서 누룽지를 먹는데 나타난 전 씨는, 아버지의 부역을 면케 할 방도를 안다고 말했다. 그리고 자세한 얘기는 아래채에서 하자고, 밤새 투전판이 벌어질 테니 언제든 오라고 덧붙였다.

그 사람, 믿어도 될까? 도편수 나리도 때가 때이니만치 안 된다고 했잖아. 그런데 자기가 무슨 재주로? 혹시, 대원군 친척한테 뇌물을 써서?

선이는 아버지의 쓸쓸한 뒷모습, 축 처진 어깨를 떠올렸다. 금세 눈시울이 뜨거워졌다. 발길이 제풀에 아래채를 향했다.

일단 말이나 들어 보지 뭐. 들어 보고 나서 판단하면 되잖아.

"왔군."

아래채에 들어서자마자 전 씨가 선이를 반겼다. 사실 그는 선이가 봉놋방을 나설 때부터 도둑고양이보다 더 조심스레 선이를 뒤쫓다 한 발 먼저 아래채에 와 있었던 것이지만, 선이가 그 사실을 알 리 없었다.

"쭉정이 투전꾼들은 다 가고 알짜만 남았어. 제천 사람 하나하고 나하고. 어떤가? 재미로 투전 한 판 함세."

선이가 뒷걸음질을 치며 질겁했다.

"아버지를 잘 아신다고, 아버지 부역 면케 할 방도를 아신다고 했지 않습니까? 투전이라니요?"

방문이 열렸다. 제천 사람이라 불린 살집 좋은 중늙은이가 투전패를 떼다 말고 서 들어오라는 손짓을 했다.

"거, 왔으면 얼른 들어오게. 딱 한 판만 하고 가게나."

전 씨가 선이의 등을 떠밀며 귓속말을 했다.

"총각이 엉덩이를 까고 앉아서 오줌을 누더군? 속사정이 무얼까?"

흐읍.

선이는 숨이 멎을 듯 놀랐다.

선이가 투전판에 낀 사이 욕쟁이네 주막 봉놋방 주변으로는 총을 든 사냥꾼들이 발소리를 죽이며 모여들었다. 대장은, 엽령귀의 수하가 되면서부터 눈 밑이 점점 시꺼메지고 마음마저 엽령귀를 닮아 가는 듯 음험해진 떼꾼 이 씨였다.

때를 기다리던 이 씨가 입도 떼지 않고 수신호로 돌격 명령을 내렸다.

용이가 들어 있는 위채 봉놋방을 조준한 채로 숨죽이고 섰던 사냥꾼 두 명이 이 씨의 수신호에 따라 봉놋방을 향해 전력으로 뛰어가서는 방문을 발로 걷어찼다. 뒤이어 예닐곱 명의 사냥꾼들이, 그때부터는 발자국 소리를 겁내지도 않고 일제히 우당탕탕, 축담과 섬돌과 마루로 뛰어오르거나 휙 건너뛰며 봉놋방으로 들어갔다. 나머지 사냥꾼들은 마당에 둥그렇게 둘러선 채로 총신을 내리지 않고 동료들을 엄호했다. 요란한 소리에 놀라서 비명을 지르며 달려 나오던 주모와 색시들은, 떼꾼 이 씨가 무서운 표정을 지으며 집게손가락을 입술에 갖다 대자, 비틀비틀 뒷걸음질을 치며 부엌으로 안방으로 숨어들었다.

"대장, 텅 빈 이부자리뿐인뎁쇼? 벌써 눈치 까고 도망친 모양입니다요."

사냥꾼 하나가 봉놋방 밖으로 나오며 말했다. 이 씨가 이를 갈았다.

"이런 약삭빠른 이무기놈!"

"대장, 이제 어떡하죠?"

이 씨는 엄지와 검지로 턱을 톡톡 두드리며 잠시 생각하다 결단을 내렸다.

"멀리는 도망가지 못했을 게다. 일단 강 포수, 자네가 일 조를 데리고 이 주막의 북쪽을 뒤지고, 문 포수, 자네는 이 조를 데리고 동쪽, 박 포수, 자네는 삼 조를 데리고 서쪽, 김 포수, 자네는 사 조를 데리고 남쪽을 뒤지게. 샅샅이 뒤져야 하네. 놈을 찾는 즉시, 총을 쏠 것! 나머지 조는 총소리를 듣는 즉시, 소리가 난 쪽으로 이동할 것! 알겠나?"

사냥꾼들이 이 씨의 명령대로 이동하기 시작했다. 이 씨는 주모와 색시들에게 눈알을 부라리며 엄포를 놓았다.

"너희가 불러들인 자가 누구인지 알렷다? 동강 물길을 따라 이동하며 온갖 행악을 저지른 이무기! 그 이무기 놈이 떼꾼으로 둔갑하여 이 집을 찾아들었단 말이다. 너희는 이무기를 불러들인 죄인이니 이 시각부터 이무기를 잡을 때까지 몸을 사리고 입조심을 할 것이며 내가 하는 일에 적극 협조해야 할 것이다. 알았나?"

주모가 정신없이 고개를 조아렸다.

"아이고, 여부가 있겠습니까? 나리님인지 포졸님인지 군사님인지 뉘신지는 몰라도 소인들은 그저 믿고 따르겠습니다요. 소인 또

한 엇저녁에 놈의 눈깔을 보고는 혼이 나가서 입때껏 누워 있었습니다요."

이 씨가 눈을 부릅떴다.

"주모도 그놈의 얼음 같은 눈깔을 봤더랬나?"

"예, 그럼요. 하늘님, 부처님, 산신님, 용왕님께 맹세코 그놈의 눈깔은 사람의 것이 아니었습니다요."

"주모가 제대로 보았네. 으흠!"

주모의 맞장구에 다시금 그 서늘한 눈깔을 떠올린 이 씨는, 문득 함께 다니던 잘생긴 총각아이는 어떻게 되었을까, 궁금해졌다. 그는 들고 있던 총을 어깨에 멘 총집에 집어넣고 뒷짐을 진 채, 봉놋방으로 들어갔다.

선이와 용이 둘 다 갈아입을 옷가지조차 지니고 다니지 않은 까닭에 방 안에는 용이의 양식인 새똥 같은 환약 두 알만이 굴러다녔다. 이 씨는 환약을 집어 들고는 모양을 살펴보고 냄새도 맡아 보았다.

"용 못 된 이무기가 먹는 것이니 용이 먹는 선약일 리는 없지만……. 그래도 보통 이무기가 아니잖아? 선약은 아니라도 선약 근처에는 가겠지?"

이 씨는 고개를 들고 입을 짝 벌려 환약 두 알을 한꺼번에 털어 넣었다. 그때 그의 눈에 천장을 시꺼멓게 뒤덮은 거대한 무언가가 들어왔다. 그것은, 서까래 위 어둠 속에서 칭칭 똬리를 튼 채 그를 내려다보고 있었다.

저게 뭐지? 따리를 풀면, 십 리는 못 돼도 오 리는 너끈하겠는 걸.

그때, 환약이 목구멍을 타고 내려가는가 싶더니 금세 속이 뒤틀렸다.

왝, 왝왝.

저녁 먹은 것까지 앉은 자리에서 토한 이 씨는 등허리에 얼음송곳처럼 내다 꽂히는 극심한 냉기를 느꼈다. 이 씨의 눈이 다시금 천장을 향했다.

따리가 꿈틀, 뒤척거리자, 몸의 절반쯤이 황금빛 용 비늘로 덮인 이무기의 모습이 나타났다. 이무기는 눈을 세모꼴로 세우고 이 씨를 쏘아보고 있었다.

저, 저것은?

이 씨의 머리털이 밤송이처럼 곤두섰다. 눈이 풀리고 오금이 꺾였다. 이 씨는 그대로 정신을 잃고, 제 토사물 위로 쓰러져 버렸다.

전 씨가 제천 사람 딱부리에게 구전 몇 푼을 떼어 주며 킬킬거렸다.

"적단 말은 하지 말게. 그래 봬도 그게 당백전이야. 한 푼이 엽전 백 푼하고 맞먹는다고."

"적지야 않네만, 아직 어섯눈도 못 뜬 아이한테 너무하는 거 아닌가 싶어. 쩝."

 딱부리가, 독주에 취해 죽은 듯 쓰러져 있는 선이를 내려다보며 시금털털한 낯짝으로 말했다. 말은 그리 하면서도 딱부리는 남은 술이 담긴 호리병을 품 안에 알뜰히 챙겨 넣었다.

 전 씨가 문지방에 걸터앉아 짚신을 꿰어 신었다.

 "너무하긴? 본시 사기꾼하고 노름꾼 돈은 먼저 보는 놈이 임자야. 돈만 잃은 걸 다행으로 여겨야지."

 딱부리가 뒤따라 나오며 툭 불거진 눈을 끔적거렸다.

 "쟤한테 뭐 또 잃을 게 있나?"

 전 씨의 시선이, 개기름 번지르르 흐르는 딱부리의 콧방울을 훑었다.

 이 엉큼한 놈이 저 아이가 계집아이라는 걸 알면 필시 가만 놔두지 않고 제 욕심을 채우렷다? 그거야말로 너무한 짓이 아닌가.

 전 씨가 축담에서 마당으로 성큼 내려서며 걸음을 재촉했다.

 "안 죽은 게 다행이란 말일세. 여하튼 흰소리는 그만두고 얼른 튀세. 어린애 술 먹여 투전 노름 시킨 게 백주에 자랑할 일도 아니잖나."

 딱부리가 쩝, 입맛을 다시고는 두 손으로 문지방을 짚고 무거운 엉덩이를 일으켰다. 그러고는 곧바로 어깨를 움츠리며 이를 딱딱 부딪쳤다.

 "근데 왜 이렇게 춥지? 숫제 코털에 고드름이 달릴 것 같아."

 전 씨도 갑작스런 한기에 사지를 부들부들 떨었다. 그때 수상한

기척이 들렸다.

슈이이익, 슈이이이이이이이익.

딱부리가 혼비백산한 낯꼴로 두리번거렸다.

"이게 무슨 소리야?"

그러자 전 씨가 냅다 달리기 시작하며 소리쳤다.

"무슨 소리고 뭐고 무조건 줄행랑부터 놓으라고."

선이는 갑자기 덮친 냉기에 이불을 뒤집어쓰며 몸을 떨었다. 어렴풋이 정신이 돌아왔다. 목이 마르고 가슴이 답답하고 배가 아팠다. 뒷골이 쑤시고 앞머리는 철근이라도 올려놓은 것처럼 무거웠다. 선이는 몸을 더 웅크리며 이불을 끌어안다가, 벌떡 일어나 앉았다.

여기가 어디지? 용이 형님은?

진득진득한 눈곱을 떼고 하품을 하던 선이는, 제 입에서 풍기는 역한 술 냄새에 속이 메슥거렸다. 지난밤의 일이 비로소 떠올랐다. 전 씨의 협박, 강제로 술을 먹이던 뚱뚱한 사내, 어지러이 춤추는 투전 패⋯⋯.

꾸르륵, 꾸르륵.

뱃속에서부터 목구멍으로 소화되지 않은 술이 올라왔다. 선이는 무릎걸음으로 기어가 문지방을 짚고서 축담에다 왝왝 한참을 토했다. 엊저녁에 먹었던 누룽지까지 모조리 쏟아져 나왔다.

겨우 몸을 일으켜 입가를 닦을 수건이 어디 없나 두리번거리던 선이는 무심코 허리께를 만지다 소스라칠 듯 놀랐다. 저고리 안쪽이 묵지근하지 않고 새털처럼 가벼웠다.

"에구머니. 돈이 없어! 당백전 꿰미가 사라졌어!"

선이가 넋 나간 얼굴로 위채를 향해 달렸다.

"형님! 형니이이이이이이임!"

너무 놀란 데다 숨이 턱에 걸려 목소리도 제대로 나오지 않았다. 총을 든 사냥꾼 다섯 명이 위채 입구에서 선이를 막아섰다.

"이봐, 엄청 크고 어깨가 떡 벌어진 떼꾼 놈을 보았는가? 그놈이 바로 사람으로 둔갑한 이무기다."

선이의 머릿속에 제천 사람 딱부리가 얼핏 떠올랐다.

아니야. 살집이 좀 넉넉한 거지, 덩치가 엄청 큰 것도 아니고 어깨가 떡 벌어지지도 않았어.

"모, 못 보았어요."

선이는 용이를 만나야 한다는 생각에 한시가 급했다.

한밤중인데도 주막 마당과 마루, 부엌 옆 멍석자리는 수군거리는 주모와 색시들로 북적이고 있었다. 그 모습이 이상하다 싶었지만, 선이는 내처 봉놋방으로 달렸다. 사냥꾼 둘이서 선이의 어깻죽지를 붙들었다.

"들여보내 주시구려. 바로 그 뒷사공 총각이라우."

주모가 말했다.

사냥꾼들이 눈길을 주고받으며 대책을 의논하는 사이, 선이가 방 안으로 엎어질 듯 뛰어 들어갔다.

　방 안에는 토사물 냄새뿐, 아무도 없었다.

　형님?

　선이는 마루로 나와 주위를 살폈다. 방문이 덜컹거렸다. 선이는 뒤돌아서서 다시 한 번 방 안을 살펴보았다.

　"형님! 어디 계세요? 큰일 났어요, 형님!"

　색시 한 사람이 다가왔다.

　"총각아, 정신 차려! 그 형님이란 사람, 사실은 둔갑한 이무기란다. 그저 조상님 음덕으로 목숨만은 건졌구나, 생각하고 다 잊어 버려."

　선이는 색시의 말에 아랑곳하지 않고 이 방 저 방, 모든 봉놋방과 주모가 쓰는 안방, 부엌과 창고까지 샅샅이 뒤졌다. 용이는 어디에도 없었다.

　선이는 오금이 풀려 그 자리에 퍼더버리고 앉았다.

　꿈속에서도 선이는 용이를 찾아 돌아다녔다. 용이를 찾다 잃어버린 떼돈이 생각나면 또 그것을 찾아다녔다. 그러다 용이를 찾고 또 찾고 떼돈도 찾고 또 찾았다. 꿈속에서 온 세상은 출구 없는 가시덤불 미로로 바뀌어 있었다. 선이는 땀을 뻘뻘 흘리며 용이를 찾고 떼돈을 찾았으나 조그만 흔적조차 얻지 못했다.

　아아, 이렇게 끝날 수는 없어…….

빚 갚아야 하는데…….

용이 형님, 용이 형님…….

선이는 땀과 눈물에 흠뻑 젖은 얼굴을 연신 소맷부리로 훔치며 가도 가도 끝없는 길을 헤매었다.

이윽고 선이가 지쳐 쓰러지는 찰나, 누레진 하늘에서 거대한 동아줄 하나가 내려왔다. 처음에는 시꺼먼 동아줄 같더니, 선이에게 다가오면 올수록 황금빛이 선연해졌다.

저게 뭘까?

뭐라도 좋아. 나는 저걸 잡아야 해.

선이는 눈물을 철철 흘리며 동아줄을 잡으려고 손을 뻗고 또 뻗었다. 아버지가 들려주던 옛이야기에 나오는 어린 오누이처럼.

"가위 들렸나 봐. 저럴 땐 옆에서 깨워 줘야 해."

"그렇지? 이봐, 총각! 총각! 벌떡 일어나게. 얼른!"

색시 하나가 선이의 어깨를 흔들었다. 색시 옆에 서 있던 사냥꾼도 발로 툭툭 선이의 오금을 쳤다. 사냥꾼의 바지는 풀물, 흙물이 들어 검푸르렀다.

마침내 선이가 눈을 떴다.

동아줄, 황금빛 동아줄은 어디로 갔지? 아, 꿈이었구나.

이번에는 선이도 바로 상황을 파악했다. 위액까지 다 게워낸 속이라 쓰리기만 할 뿐, 메슥거리지는 않았다. 선이는 두 손으로 마른세수를 하고 주변 사람들을 둘러보았다.

하룻밤 새 얼굴이 새까만 쥐눈이콩처럼 쪼그라든 떼꾼 이 씨가 어기적어기적 선이에게 다가갔다. 주막 색시들과 사냥꾼들이 길을 내주었다.

"이보게, 뒷사공 총각. 나, 기억나는가?"

누구더라?

선이가, 푹 꺼져 더 커진 눈을 끔벅거렸다.

"황새여울에서 자네 뗏목을 얻어 탔던 앞사공이네."

"아, 덕포 나루에 내려 드렸던 영감님이요?"

"그래, 이무기한테 끌려다니느라고 고생이 자심했지? 얼굴이 말이 아니군그래."

이무기한테 끌려다니다니?

선이는 또 다시 그 눈딱부리를 떠올렸다. 그리고 이 씨가 그의 행방을 알지도 모른다는 생각에 반짝, 희망을 품었다.

"이무기가 나쁜 짓을 저지르다 못해 이제는 사람 술 먹여서 투전 핑계로 돈까지 빼앗아 가더라고요. 영감님 연세로 둔갑했고요. 뚱뚱하고 머리도 좀 벗어졌어요. 그리고 도와주는 사기꾼이 있는데, 우리 아버지를 안다고 하면서 접근했어요. 홀쭉하고 얼굴이 누렇게 떠 가지곤……."

아, 용이 형님 곁을 지켰어야 했는데. 못된 사람들 표적이 될 거라고, 조심하라고, 형님이 그렇게 말해 주었건만.

선이가 사기꾼의 꾐에 어이없이 넘어간 자신을 탓하느라 잠시 말을 멈추자, 이 씨가 둘러선 사냥꾼들과 눈을 맞추었다.

"이 총각을 보게들. 얼마나 놀랐으면 이렇게 혼이 나가서 횡설수설을 할까. 그 이무기란 놈이 보통 악질이 아니라고."

이 씨는 자기가 토악질을 하고 기절까지 한 것이 겁이 많아서가 아니었다는 변명을 겸해 이무기의 흉포함을 재차 강조했다.

"총각, 다 이해하네. 그 흉악무도한 이무기와 며칠째 숙식을 함께했는데 정신이 온전할 리가 있나. 나도 어젯밤에 혼자서 이무기와 맞닥뜨리는 바람에 정신을 잃었다네."

선이는 그때서야 이 씨가 용이를 이무기로 지목하고 있다는 사실을 깨달았다.

"영감님, 용이 형님을 보셨어요? 저, 형님 만나야 하는데, 용이 형님 어디로 갔어요?"

이 씨가 혀를 찼다.

"쯧쯧. 그놈이 요괴여. 그냥 물짐승이 아니라 요괴라고. 요괴가 아니라면 사람을 홀려도 이렇게까지 홀리진 못하지."

선이는 이 씨의 말을 들은 둥 만 둥, 땀에 젖어 번들거리는 이마를 찌푸리며 애절한 목소리로 물었다.

"용이 형님 보셨다면서요? 그럼 어디로 갔는지도 아실 거 아니에요?"

이 씨가 역정을 냈다.

"알기는 어떻게 알아? 정신을 잃었다고 했지 않나. 내 얘기를 귓등으로 들었구먼."

"형님이 사라졌어요. 제가 나가기 전까지 분명히 제 옆에서 잠을 자던 형님이 하늘로 올라갔을까요, 땅으로 꺼졌을까요?"

이 씨는 주막 색시에게서 물그릇을 건네받아 선이에게 주었다.

"총각, 찬물 먹고 정신 차리게. 자네와 뗏목을 탔던 그 앞사공이 바로 이무기일세. 사람으로 둔갑한 이무기라고. 내말 알아듣겠나? 큰돌이도, 자네 마을의 장 서방이라는 이도 모두 그 이무기가 죽였다네! 내 뒷사공을 죽인 놈도 그놈이고 자네 돈을 훔쳐간 놈도 그놈일세."

선이는 웬 망설인가, 헛웃음을 웃다 말고 눈살을 찌푸렸다.

"아니, 웬 사냥꾼들이 이렇게 많이 오셨대요? 설마 용이 형님 잡으러 오신 거예요? 영감님이 이 사냥꾼들을 다 불러 모았어요? 영감님, 정말······."

이 씨가 선이의 말을 가로막았다.

"이봐! 자네는 지금 요괴한테 홀려서 제정신이 아니야. 당장 그놈을 잡아 죽이지 않으면 평생 그놈의 종으로 살 거라고."

"영감님, 아무리 그러셔도 전 못 믿어요, 아니 안 믿어요. 형님이 저한테 얼마나 잘해 주셨는지 영감님이 알 리 없지요. 차가운 성싶으면서도 알고 보면 얼마나 마음이 따뜻하신 분인데요. 어서 돌아들 가세요. 저는 여기서 며칠 더 기다려 볼래요. 다시 생각해 보니 용이 형님도 저를 찾으러 나간 거 같아요. 형님 말씀을 새겨듣지 않고 제가 아무 생각 없이 행동하는 바람에······. 모두 제 탓이에요. 그러니까 영감님은 저한테 신경 끄시지요. 엉뚱한 말씀도

하지 마시고요. 영감님 볼일이나 보세요."

이 씨는 팔짱을 낀 채 잠시 생각했다.

홀렸어. 단단히 홀렸어. 이 녀석은 그 이무기 놈의 눈을, 그 소름끼치도록 차가운 눈을 못 보았단 말인가? 그놈이 이 녀석한테만 따뜻한 눈빛을 보냈단 말인가? 알 수 없는 일이군. 어쨌든 녀석도 이무기 놈한테 홀렸지만, 이무기 놈 역시 녀석을 총애한 것 같아. 이용 가치가 있는 녀석이야. 명확한 물증 없이는 녀석을 설득할 수 없을 성싶으니, 총대장님께 보고하고 의논을 해 봐야겠군.

"알았네. 당장은 믿기 힘들겠지만, 시간을 두고 생각해 보면 올바른 판단을 하게 될 게야. 또 보자고."

이 씨는 부하들에게 눈짓을 하고 주막에서 철수했다. 물론 완전히 철수한 것은 아니었다. 사냥꾼 세 사람을 주막 머슴으로 위장하여 선이를 감시하게 하고 혹시라도 이무기가 다시 나타날 것에 대비하여 경계 태세를 게을리하지 않았다.

주막에서 이틀째 용이를 기다리다 지칠 대로 지친 선이에게, 체격이 건장하다 못해 이물스러운 사내 하나가 성큼성큼 다가왔다.

"어이, 자네가 형님 잃고 떼돈도 잃었다는 그 총각인가?"

선이가 그를 쳐다보지도 않은 채, 힘없이 고개를 끄덕였다.

형님 잃고 떼돈 잃고……. 맞아요. 제가 그 바보 같은 선이랍니다.

"오, 내가 제대로 찾아왔군, 제대로 찾아왔어. 자네, 이무기 사냥을 다니는 떼꾼 이 씨, 알지?"

덩치에 어울리지 않게 얄밉상스런 음성을 가진 이 사람, 나를 알고 떼꾼 이 씨를 아는 이 사람, 대체 누구지?

선이는 그제야 눈을 치켜뜨고 사내를 바라보았다.

"이 씨가 자네한테 이상한 얘길 했지?"

"예. 말도 안 되는 이야기를 하셨어요."

사내는 선이와 오래전부터 친한 사이인 척, 선이가 앉아 있던 축담 옆에 무람없이 엉덩이를 깔고 앉았다.

"나는 이 씨하고는 생각이 달라. 이무기는 흉악한 짓만 골라 저지르는 놈이야. 그런데 자네를 성심껏 도와준 용이 총각이 어떻게 이무기일 수가 있어?"

선이가 느릿느릿 고개를 끄덕였다.

"아무렴요. 용이 형님이 이무기였다면, 왜 저를 안 잡아먹고 도와주기만 했을까요? 형님이 아니었다면 저는 떼돈을 벌기는커녕 애초에 떼꾼으로 나서지도 못했을 거라고요."

"그랬겠지. 흐흐흐. 이 사람아, 내 말 들어 보게."

사내가 선이 옆으로 바투 다가앉았다.

"이 씨는 그날, 이 주막 위채 봉놋방에서 이무기를 보았고, 자네는 아래채 봉놋방에서 이무기를 보았지. 그게 무슨 얘기인가? 못된 이무기 놈이 자네 돈을 훔치고는 그예 용이 총각까지 홀랑 잡아먹었다는 말이 아닌가? 자네 돈을 훔치고 도망을 가려는 참에 용이 총각한테 발각이 되니까 잡아먹어버린 거지. 안 그랬으면 용이 총각이 이리 감쪽같이 종적을 감출 리가 있는가? 어떤가, 내 말이?"

선이의 우묵 들어간 큰 눈에 금세 눈물이 그렁그렁 괴었다.

"그럴 듯한 말씀이지만, 저는 믿지 않을 겁니다. 용이 형님처럼 힘세고 용감한 사람이 그렇게 쉽사리 이무기 밥이 되었을 리 없으니까요."

사내가 선이의 대답에 무릎을 치며 반색했다.

"그래, 그래. 듣고 보니 그렇군. 어쩌면 용이 총각은 지금, 이무기 동굴에 숨어 이무기를 처치할 기회를 노리고 있을 수도 있어. 그러니까 자네가 용이 총각을 돕는 길은 이무기를 죽이거나 적어도 힘을 빼는 일이야. 안 그런가?"

선이는, 날카로운 칼을 들고 어두컴컴한 동굴의 돌기둥 뒤에 숨어 호시탐탐 이무기의 빈틈을 노리는 용이의 빛나는 눈동자를 그려 보았다.

어쩌면, 어쩌면 그럴지도 몰라…….

선이가, 모처럼 기운차게 고개를 끄덕였다.

"그러니까 언제라도 이무기를 발견하면, 곧바로 이 폭약을 던지게. 알겠나?"

사내는 마치 몸에서 뜯어내듯 옷 속에서 폭약을 꺼내 선이에게 건네주었다. 뭉툭한 붓을 가운데에서 뚝 자른 것 같은 모양이었다. 선이가 엉겁결에 폭약을 받으며 물었다.

"어르신은 누구시죠?"

"아, 나는 사냥꾼이야. 주로 사람 해치는 짐승을 잡으러 다니지. 이무기가 사람을 죽이고 다닌다는 소문을 듣고 저 멀리 땅끝에서 이곳까지 왔지."

"그냥 휙, 던지기만 하면 되는 거예요?"

"그래. 충격이 가해지면 터지게 되어 있는 물건이거든. 들키지 않도록 잘 간수해. 알았지?"

선이는, 그래도 자기 말을 들어 주고 도와주려는 사람이 있어 다행이라 생각하며 폭약을 요모조모 살펴보았다. 그러느라 뒤돌아선 사내의 괴이쩍은 미소에는 주의를 기울이지 못했다.

수중에 돈이 생기면 노름판으로 가지 않고는 못 배기는 것이 노름꾼의 생리다. 단양을 뜬 노름꾼이 어디로 갈 것인가. 가장 가까우면서 판돈이 큰 노름판이라면 역시 영월 덕포……. 덕포로 가 보자.

용이의 짐작이 맞았다. 덕포에서는 이미 큰 노름판이 벌어지고 있었다. 용이는 이무기의 모습을 거두고 인상 좋은 늙은이로 둔갑하여 전 씨의 노름판에 끼어들었다.

"여기 판이 꽤 큰 것 같은데, 나도 한몫 끼고 싶소만……."

천상 노인으로 변한 용이를 보고 합죽이 노름꾼이 합죽합죽 말했다.

"어이구, 낫살깨나 잡순 어르신이 괜찮겠어요? 여기 이 양반, 어디서 돈을 구해 왔는지 몰라도 요 며칠 사이 덕포 노름판을 펑펑 튀기고 있는 중인데요."

'여기 이 양반'으로 불린 전 씨가 코웃음을 치며 말했다.

"허허. 어디서 구해 오긴? 마누라가 입을 거 안 입고 먹을 거 안 먹고 꿍쳐 놓은 돈을 몰래 내왔다니까 그러네."

짝귀 노름꾼이 퉁을 놓았다.

"제기랄, 노름꾼 서방 만나 피죽도 못 끓여 먹는 집안 여편네가 무슨 재주로 그런 큰돈을 꿍쳐 놔?"

전 씨가 판을 뒤엎을 기세로 월컥 성을 냈다.

"이런, 이무기가 물어 갈 놈 같으니라고. 네깟 놈이 뭘 안다고 남의 여편네를 입에 담아?"

용이가 나서서 전 씨를 달랬다.

"점잖은 분이 왜 이러시오? 노여움 풀고 어서 판이나 벌입시다."

"이봐, 노인네, 괜히 돈 다 잃고 울며불며 매달리지 말고 웬만하면 집에 가서 낮잠이나 주무셔, 응? 머리털도 몇 가닥 안 되겠구먼. 잘못하면 그 머리털 다 뽑히는 수가 있어."

"머리털은 몇 가닥밖에 안 되지만 다행히 돈과 실력이 있소이다. 자, 얼른 패 돌리시구려."

전 씨가 비웃거나 말거나 유들유들하게 받아넘기며, 용이는 전 씨 앞자리에 앉아 패를 받았다.

"에이, 재수 옴 붙었네."

짝귀가 먼저 실격하고 패를 덮었다. 첫 판에서는 합죽이의 끗수가 제일 많았다.

"이야, 이거면 본전 찾고도 한 달 양식거리는 사겠네그려. 난 여기서 물러나려네. 초장 끗발 개 끗발이라고 첫판이 좋으면 끝판이 외려 더 안 좋더라고. 어르신, 고맙소. 어르신이 합석하신 덕에 제 운수가 폈소이다."

합죽이가 용이에게 허리를 깊이 숙여 인사했다.

전 씨는 두 번째 판부터 여섯 번째 판까지를 내리 휩쓸었다. 구경하던 합죽이가 전 씨에게 말했다.

"이 사람아. 자네도 이제 그만 일어서게. 그만큼 땄으면 만족할 때도 됐지 않나."

하지만 짝귀는 전 씨를 부추겼다.

"운발 좋을 때 끝까지 해 보슈."

본디 전 씨는 이런 시점에서 발을 빼는 노름꾼이 아니었다. 짝귀에게는 눈웃음을, 용이에게는 천장이 울리도록 큰소리로 코웃음을 날려 준 뒤, 전 씨는 수중에 있던 당백전 전부를 걸었다. 하지만 긴장한 쪽은 용이가 아니라 전 씨였다. 일부러 득의양양한 척했지만, 전 씨의 얼굴은 금세 땀으로 세수라도 한 듯 찐득거렸다.

전 씨는 얼굴의 주름골마다 배인 땟국을 팔뚝으로 쓰윽 닦고 패를 쥐었다. 석 장으로 열 끗을 짓고 남은 두 장을 비교할 차례였다.

"하압!"

지붕이 다 흔들리도록 큰 기합과 함께 내놓은 전 씨의 패는 여덟

끗. 뱀처럼 스르르 펼쳐 놓은 용이의 그것은 아홉 끗, 가보*였다. 짝귀와 합죽이뿐만 아니라 집주인까지 탄성을 질렀다.

용이가 쌓인 당백전을 쓸어 담으며 일어섰다. 유유히 걸어 나가는 용이의 뒷다리를, 전 씨가 부여잡았다.

"내 돈 내놔. 내 돈 내놓으라고, 이 날도둑놈아!"

용이가 뒷다리를 번쩍 들어 전 씨를 내동댕이치며 싸늘한 목소리로 말했다.

"사기꾼과 노름꾼의 돈은 먼저 본 사람이 임자라며?"

전 씨는 얼음송곳에 뒤통수를 찔린 듯 깜짝 놀랐다.

"누, 누, 누구냐? 너, 너, 넌?"

용이는 전 씨의 물음에 답하는 대신, 기를 모아 눈총을 쏘았다. 전 씨는 그 눈빛의 냉기에 압도돼 손가락 하나 꼼짝하지 못했다.

노름판을 나선 용이는, 그길로 저자에서 구걸하는 덕포의 걸인들에게 당백전을 골고루 나누어 주었다.

"그걸 밑천 삼아 약초장사라도 해 보시오들."

걸인들은 난데없는 행운에 뛸 듯이 기뻐하며 다투어 용이를 치하했다.

덕행은 쌓을 만큼 쌓았으니 이제 필요한 것은 선이가 제 몫을 해 주는 것인데……. 내가 대신 할 수 있으면 백 번이라도 대신 하련만…….

---

* 노름에서 아홉 끗을 가리키는 말. 기세를 잡은 쪽을 뜻한다.

여의주를 가진 소녀

"우라질, 재수가 옴 붙듯 해도 유분수지, 한 달 장사 하룻밤에 해 주기는커녕 하룻밤에 한 달 장사를 망쳐 놓고서 밥값, 방값만 계산하면 되는 줄 아나? 저 부서진 벽이랑 이빨 빠진 마루랑 다 어떡할 거야. 에라, 이 망할 총각놈아, 떼를 타면 황새여울 된꼬까리에서 물귀신 밥이 되고 들에 나서면 똥밭에 굴렀다가 호랑이한테 덥석 물려갈 놈의 총각아. 못 듣는 척하지 마. 들리는 거 다 알아. 네가 양심이 있으면 입고 있는 옷까지 싹 벗어 주고 서너 달 머슴살이를……."

욕쟁이 주모의 악다구니가 그칠 줄 모르고 뒤통수를 따라붙었다.

마음은 천근만근 무거웠지만, 선이는 거의 뛸 듯이 걸음을 재촉하여 나루터를 벗어났다. 마지막 남은 엽전 몇 냥까지 다 털리고 가는 마당에 욕설은 될 수 있으면 덜 얻어먹고 싶었다.

떠날 때도 땡전 한 푼이 없더니 돌아갈 때도 결국 땡전 한 푼 없구나. 떼돈 벌어 부자 되기는커녕 남의 집 종살이를 가게 생겼으니……. 이럴 줄 알았으면 그 고생 안 하고 고이 종살이를 갈걸.

하지만 그랬으면 용이 형님을 못 만났겠지. 한양 구경도 못하고 아버지도 못 만났을 테지. 떼 타는 일도 고생스럽지만은 않았어. 떼와 한 몸으로 흐를 때는 구름을 부리는 신선처럼 즐거웠지. 떼에서 보는 산천물색은 또 얼마나 신기하고 새로웠던가.

그나저나 용이 형님은 대체 어디로 사라진 걸까? 설마 그 이무기한테 잡아먹힌 것은 아니겠지? 아닐 거야. 그래, 그 덩치 큰 어른 말대로 어딘가에서 이무기와 한판 붙을 준비를 하고 있을 거야.

이무기를 이긴 다음에는? 이곳 단양 나루터로 와서 나를 찾지 않을까? 그렇다면 여기서 기다리는 게 맞는데. 아니야. 형님을 이무기라고 믿는 사냥꾼들이 눈에 불을 켜고 지키는 곳인데, 형님처럼 눈치 빠른 분이 무엇하러 이곳에 다시 오겠어?

혹시 영월 본댁으로 갔을까?

어쩌면 나를 만나러 아우라지로 오지 않을까. 그날 새벽처럼…….

선이는 아우라지에서 용이를 처음 만난 날이 생각나서 코허리가 저리고 시렸다.

아, 그냥 종살이를 갔어야 했어. 처음부터 만나지 않았더라면, 이토록 가슴 아플 일도 없을 텐데…….

눈물을 삼키고 발길을 옮기자니 저절로 아라리 가락이 흘러나

왔다.

　　만첩산중에 딱새들은 숲에서나 우는데
　　나는 이곳에서 우네

　　아리랑 아리랑 아라리요
　　아리랑 고개고개로 날 넘겨주게

　인심 좋은 민가를 만나지 못하면, 길바닥에서 노숙을 해야 할 처지였다. 산길은 두 사람이 어깨를 나란히 하기도 힘들 정도로 좁았고, 큰 나무들이 빽빽하니 들어차 대낮인데도 어두웠다.
　호랑이라도 만나면 어떡하지?
　호랑이보다 무서운 이무기는?
　지금이라도 용이 형님이, 아무 일 없었다는 듯, 쓰윽, 나타나 주면 얼마나 좋을까. 형님만 곁에 계시면 조금도 무섭지 않을 텐데.
　온갖 생각이 구름처럼 일어나 마음을 어지럽혔지만, 선이는 그 생각들을 밟아 다지듯 걷고 또 걸었다. 발바닥에 물집이 잡히고 살갗이 벗겨졌으나, 아랑곳하지 않았다.
　발바닥이 아파 봤자 황새여울 된꼬까리에서 물벼락 맞는 거보다 더 아프랴. 물속에서 저승 구경도 했는데, 단단한 땅 위를 걸으면서 이깟 물집쯤을 못 참으랴.
　선이가 이를 악물고 걷기를 멈추지 않자, 발은 스스로 굳은살을 만들어 고통을 견뎠다.

 마음에도 굳은살을 만들어야 해. 아버지도 못 모시고 돈도 못 지니고 가는 고향 집, 굳은살 없이 그 냉대를 어찌 견디랴. 어머니 얼굴을 어찌 대하랴……. 나를 바라볼 때마다 저절로 찌푸려지던 눈살, 똥 친 막대기를 바라보는 듯 노골적으로 나지리 보던 시선…….

 어머니를 생각하자, 마음이 까마득한 어둠 속으로 추락하는 듯했다.

 이런 맹추 같으니. 단단한 땅을, 이토록 단단한 땅을 걸으면서 이내 조그마한 마음 하나 못 다잡아 세우니?

 그런데 그 단단한 땅이 별안간 아래로 쑥, 꺼졌다. 귀밑으로 선뜩한 바람이 스치는가 싶더니 눈앞이 캄캄해졌다. 발목은 올가미에 걸려 앞으로 나아가지 않았고 손은 순식간에 결박당했다.

 "어이, 여기 한 마리 낚았네!"

 짙은 마늘 냄새를 풍기는 입김과 함께 한 사내의 목소리가 울려 퍼졌다. 몇인지 수를 가늠할 수 없는 발자국 소리가 가까이 다가왔다. 거친 손길이 선이의 저고리와 바지춤을 훑어 내렸다. 봇짐을 뒤적거리는 소리도 들렸다.

 "이봐, 사람 고기를 해 먹자는 얘긴가?"

 "예끼, 이 사람, 말조심하게. 내가 아무리 산마늘로만 배를 채워도 사람 고기 생각은 해 본 적이 없어."

 "그러면 돈푼깨나 먹을 게 있는 인간을 낚아야지. 땡전 한 닢 없는 총각놈을 낚아서 뭘 어쩌겠다고?"

"참말 아무 것도 없어?"

"코 묻은 수건에다 종이 한 장하고……."

종이? 댕기 쌌던 종이?

"아무 짝에도 쓸모없는 나무 용 한 개가 전부일세."

"수건은 손 닦는 데 쓰고 종이는 불쏘시개로 쓰지만, 나무 용을 엇다 쓰나? 저기 덤불 속으로 던져 버려."

선이가 황급히 입을 뗐다.

"안 됩니다. 목수 아버지께서 먼 데서 자식놈이 찾아왔다고 정표로 주신 물건입니다. 이태째 경복궁 중수 공사장에서 부역 사시느라 고생이 말 아닌 아버지이십니다. 비록 돈 되는 물건은 아니오나, 자식놈한테는 금옥보다 귀한 것이니 헤아려 주소서."

칡뿌리 냄새가 나는 사내가 물었다.

"네 집이 어딘데?"

"정선입니다."

"정선서 한양까지 아비를 만나러 갔단 말이냐?"

"예."

꿀꺽, 침 삼키는 소리가 나고 잠시 침묵이 흘렀다.

"니미럴, 고향 집에 두고 온 자식놈 생각나는구먼. 야, 풀어 줘."

여태 입을 떼지 않았던지 처음 듣는 목소리가 명령조로 말했다. 쨍그랑, 쨍그랑, 엽전 떨어지는 소리가 뒤따랐다.

누군가 선이의 발을 걸어 고꾸라뜨렸다. 그리고 발목에서 올가

미를 제거하고 손목을 묶었던 줄을 풀었다. 눈을 가렸던 천 조각도 벗겼다.

마늘 냄새 나는 사내가 솥뚜껑 같은 손바닥으로 선이의 뒤통수를 땅바닥에 짓누르며 말했다.

"이 길로 쭉 가다 갈림길이 나오거든 왼편으로 가거라. 오른편 길이 넓어 보여도 비적 떼가 설친단다. 지금부터 스물까지 세고 일어나라."

발자국 소리들이 어지러이 멀어져 갔다.

만약 내 수중에 떼돈이 그대로 있었더라면 목숨까지 잃지 않았을까. 있어도 근심 덩어리요, 없어도 근심덩어리인 게 돈이로구나.

선이는 비적이 준 엽전 석 냥을 만지작거리며 안도의 한숨을 내쉬었다. 무서운 일을 겪었는데도 발걸음이 오히려 가볍고 가슴도 편안했다.

비적이 가르쳐 준 대로 왼편 산로로 접어들자 숯쟁이의 숯막과 약초꾼들의 산막, 화전민들의 너새집이 열댓 채나 몰려 있는 산골 마을이 나왔다. 선이는 개중 너른 집을 찾아 문을 두드렸다.

열두어 살 돼 보이는 더벅머리가 아비인지 할아비인지 모를 노인을 불러왔다. 머리는 허옇게 세었지만, 어깨가 다부지고 눈초리가 매서운 노인이었다.

선이가 공손히 읍하고 말했다.

"정선 가는 과객이온데 하룻밤 유숙을 청해도 될는지요?"

노인이 선이를 흘낏 보더니 더벅머리를 야단쳤다.

"어서 아랫방으로 모시지 않고 무얼 하느냐? 쯧쯧. 내가 비적을 경계하랬지 언제 나그네를 박대하라 했더냐? 너도 사람 보는 안목을 키워라. 한눈에 봐도 선하고 믿음직스런 나그네구먼. 자고로 나그네를 잘 대접해야 대대손손 복을 받는 법이다."

노인의 아내인 듯한 주름진 여인이 묽은 옥수수죽 한 대접, 나무수저 한 벌, 물 한 그릇이 놓인 소반을 내왔다. 더벅머리는 이부자리를 봐 주고 나무 대야에 세숫물을 퍼다 주는 것도 모자라 노루 가죽 쟁반에 삼베 수건과 참빗까지 담아다 주었다.

선이는 세숫물에 제 얼굴을 비추어 보았다. 맑은 물속에, 왠지 낯선 얼굴이 담겨 있었다. 눈빛도 입매도 어딘가 모르게 달랐다. 어쩌면, 좋아할 수도 있을 것 같은 얼굴이었다. 선이는 오래도록 그 얼굴을 바라보며 눈을 맞추었다.

이 보릿고개에 조반(朝飯)까지 신세를 질 수는 없지.

다음날 새벽, 선이는 일찌감치 이부자리를 박차고 일어났다. 눈곱을 떼고 나무 대야 아래에 엽전 석 냥을 놓은 다음, 발소리를 죽여 가며 너새집을 나섰다.

밤눈으로는 안 보이더니, 지붕이랑 문짝이랑 손볼 데가 많구나. 연장만 있으면 다 고쳐 주고 갈 터인데.

성미 급한 수탉 한두 마리가 울기 시작했고, 약초꾼들이 짝을 지어 망태기를 짊어지고 산막을 나서고 있었다.

　선이는 깊은숨을 내쉬고 멀리서 제 은빛 속살을 보일락 말락 내보이는 동강을 향하여 성큼, 발을 내딛었다.

　아버지, 살아남으셔야 해요. 저도 어떻게든 살아남을게요. 최악의 경우라도 약국집 종살이를 하면 되는 거지요. 약국집에서 저처럼 덩치 좋은 아이한테 부엌일을 시키지는 않을 테니, 어차피 보통 여자로는 살 수 없는 몸, 저 약초꾼들처럼 첩첩산중을 헤치고 다니며 약초를 캐는 삶이 그다지 나쁘달 것도 없네요. 중복까지는 시간이 꽤 남았으니 떼를 한두 번 더 탈 수도 있고요. 황새여울 된꼬까리에서 죽을 운수라면 하는 수 없지만, 다행히 살 운수라면 어떻게든 사는 데까지는 살아 볼게요. 떼돈을 벌지 못 벌지는 모르겠어요. 벌더라도 그게 본디 제 몫이어야 제 수중에 남을 것이고 제 몫이 아니라면 어딘가로 사라질 테니까요. 아버지, 어쨌든지 아버지 말씀대로 아버지와 저, 살아서 만나요……。

　하루가 다르게 신록이 짙어졌다. 선이는 허파 깊숙이 신록을 숨쉬며 기운차게 걸었다.

　동강 어라연의 바위너설 틈에 핀 꽃 한 송이가 선이를 향해 반갑다는 듯 꽃잎을 흔들었다.

　오오……, 너는?

　신비로운 보랏빛 꽃봉오리가 용의 머리 모양을 닮은 용머리 꽃이었다.

문득 용이의 궁근 목소리가 바로 옆에서인 듯 들려왔다.

천금을 준다 한들 죽은 용머리 꽃 한 송이를 되살릴 수 없어. 목숨은 천하보다 귀한 거야.

"용이 형님……."

용이를 떠올리자, 배꼽 아래가 딴딴해지면서 아파 왔다. 주위에 인적이 없다는 것을 확인하자, 선이는 봇짐을 끄르고 바지 속을 들여다보았다.

아아…….

선이는 눈을 꼭 감으며 그 자리에 주저앉았다. 기절하지 않은 게 다행이었다. 가만 붙어 있는 것도 미워서 늘 떼어 내 버리고만 싶던 그것이 이제는 아예 보란 듯 빛을 발하고 있었다. 야광주(夜光珠)보다 환한 빛인지라 옷 따위로는 가릴 수도 없었다.

어떡해…….

대체 무슨 저주를 받았기에 이런 괴물로 태어났을까.

머릿속이 하얘진 선이가 제 운명을 한탄하는 사이, 선이의 다 해진 짚신발이 바위너설을 주르르 미끄러져 내려갔다. 균형을 잃은 선이가 허위허위 손을 휘젓는 사이 저고리 고름이 뾰족한 나뭇가지에 걸려 뜯겨 나갔다. 그 바람에 봇짐에서 빼내어 안주머니에 넣어 뒀던 나무 용이 밖으로 삐져나와 금시 떨어질 듯 달랑거렸다. 선이는 오른손으로 간신히 바위틈에서 자라는 소나무 가지를 붙잡았다. 발 아래로 아득히 짙푸른 어라연이 선이를 집어삼킬 듯 입을 쫙 벌리고 있었다.

나무 용이 수염 달린 머리를 간들거렸다.

나를 잃지 마. 잃으면 안 돼. 붙잡아, 어서!

선이는 용의 목소리가 생생히 들리는 것 같았다. 그 간절한 소리에 선이는 자신도 모르게 왼손을 뻗쳐 용을 붙잡았다. 그 사품에 기어이 소나무 가지가 툭, 부러졌다.

풍덩.

까마득한 물속으로 떨어진 선이는 눈도 못 뜨고 허우적거렸다.

눈을 떠. 정신을 잃어서는 안 돼. 정신 차리고 눈을 떠.

이윽고 눈을 뜨고 젖 먹던 힘까지 짜내 물을 차고 나오려는 선이 앞으로, 전에도 본 적이 있는 이무기가 다가왔다.

저놈이 여태 살아 있구나. 그렇다면 용이 형님은?

선이의 귀에 누구 것인지 모를 목소리들이 빗발쳤다.

이무기가 장 서방을 죽이고 큰돌이를 죽였대. 이무기가 내 뒷사공을 죽였어. 아이고오오오오, 흉악무도한 이무기 놈! 이무기가 용이를 잡아갔어! 네 돈을 훔쳐간 것도 이무기야! 이무기를 보면 이걸 던져. 그게 용이를 돕는 길이야. 알겠나? 그냥 던지기만 하면 돼!

이무기는 선이 쪽으로 점점 더 가까이 다가왔다.

너냐? 네가 진정 용이 형님을 해친 것이냐?

물속에서도 눈시울이 뜨거워지는 듯했다. 선이는 바지주머니를 더듬어 붓을 반으로 자른 크기의 폭약을 손에 쥐었다. 그리고 팔을 등 뒤로 최대한 뺐다가 활을 그리듯 돌리며 폭약을 던졌다.
 그런데 폭약이 손을 떠나는 순간, 선이의 눈에 이무기의 꼬리에 묶인 빨간 갑사댕기가 보였다.
 저, 저건?
 그때 이무기 주변에서 귀가 먹먹하도록 큰소리와 함께 물기둥이 솟아올랐다. 선이는 본능적으로 물을 박차고 수면 위로 올라왔다.

 선이는 제 뺨을 찰싹찰싹 때리며 정신을 차리려 애썼다. 귀에 물이 차서 머릿속까지 먹통이 된 듯했다. 손수건을 꼬아 귓속을 닦아 볼 요량으로 선이는 두리번두리번 봇짐을 찾았다. 간들간들 흔들리는 보랏빛 꽃잎이 선이의 시야에 들어왔다. 용을 닮은 꽃봉오리가 선이의 눈길을, 제 꽃그늘 아래 당그라니 놓인 봇짐으로 인도했다.
 선이는 더듬더듬 손수건을 꺼내 모서리를 꼬았다. 그것을 귓속으로 밀어 넣고 도리질을 치자, 꽉 막혔던 귀가 반쯤은 뚫리는 느낌이 났다.
 그런데 손수건을 도로 봇짐에 넣으려던 선이의 눈이 휘둥그레졌다. 손수건이 낯설었던 것이다. 빛바랜 면포인 건 똑같았지만, 거기에 웬 글씨가 깨알 같이 씌어져 있었다. 그리고 손수건 안에는 무언가가 또 있었다. 덕포 포목전에서 광목 마흔다섯 통을 인수할 수 있는 발기였다.

그 종이라는 게 이걸 말하는 거였구나.

비적들이 종이 어쩌고 할 때 무얼 두고 그러나 잠깐 의아스러웠을 뿐, 선이는 뒤이어 찾아드는 여러 가지 상념에 봇짐을 확인할 겨를도 없었던 터였다.

그 비적들, 까막눈이었기 망정이지 이 종이 한 장 값이 얼마인지 알았으면 나를 가만두지 않았을 텐데. 그런데 웬 발기람.

선이는 제 눈을 의심하며 손수건에 쓰인 글을 읽었다.

여의주를 가진 소녀여.

그대가 태어나기를, 그리고 그대가 잘 자라 내 천 년 수행의 마지막 날에 여의주를 전해 주기를, 나는 천 년 동안 바라고 꿈꿔 왔소. 마지막 날에 그대가 내게 여의주를 주면, 육허(六虛)*에 구름과 먼지가 사라지고 하나같이 맑고 푸르러 황홀경에 들어설 것이며 나는 승천하여 동강의 수호신이 될 것이오. 나는 마지막 날에 사흘 앞서 어라연에서 운기조식(運氣調息)하여야 하므로 오늘 밤 이후 그대와 행로가 엇갈릴 수 있기에 이리 수적(手迹)을 남기오. 부디 훼방꾼들을 조심하고 스스로를 귀히 여겨 탈 없이 어라연에 도착하기를.

선이는 뭐가 뭔지 어리둥절하여 손이 벌벌 떨렸지만, 우선 손수건과 광목 발기를 복대에 단단히 묶고는 양손으로 나무 용을 쥐고 이마 한가운데를 툭툭 쳤다.

---

* 상하 사방의 극한을 포괄하는 우주 공간.

정신을 차려야 해, 정신을. 호랑이한테 잡혀가도 정신을 차리랬잖아. 이무기한테 잡혀가도 정신을 차려야…….

이무기한테?

그제야, 놀라운 생각이 선이의 뇌리를 번개처럼 스쳤다. 어쩌면 용이가 바로 이무기일지도 모른다는 생각이었다.

갑사댕기! 믿을 수 없어. 하지만 그놈 꼬리에 묶여 있던 갑사댕기는 분명 내가 형님 발에다 묶어 드린 그 댕기가 맞아.

선이의 눈에서 눈물이 뚝, 뚝, 떨어졌다.

그토록 애간장을 태우며 찾길 바랐는데, 눈앞에 두고도 형님을 알아보지 못했구나. 게다가 형님을 해치기까지 했으니. 어쩌면 이렇게 어리석을까.

선이는 주먹으로 눈물을 훔친 뒤, 다시금 머릿속으로 지금껏 있었던 일들을 하나하나 꿰어 맞춰 보았다.

이제야 알겠어. 어째서 형님이 아무것도 먹지 않아도 힘이 펄펄 났는지, 어째서 그렇게 물길을 잘 알고 귀신처럼 떼를 잘 몰았는지, 왜 나더러 동강 친구들 이름을 불러 달라고 했는지…….

내가 욕쟁이 주모네 봉놋방에서 잠들었을 때, 형님이 손수건에다 글을 써서 내 봇짐에 넣어 줬겠구나. 형님 몫의 떼돈을 광목으로 바꾼 발기와 함께.

그렇다면 그 흉악한 소문은 다 뭐란 말인가. 용이 형님과 내가 떼를 타는 동안에도 이무기가 행악을 저지르고 다닌다는 얘기는 끊이지 않고 들려왔잖아……. 무슨 이유인지는 몰라도 이무기를 자처하며 이무기의 모습으로 나쁜 짓을 하는 누군가가 있는 게야.

그런데 내가 여의주를 가진 소녀라니? 나처럼 천하에 쓸모없는 아이가?

참, 오늘이 며칠이지? 오늘이 마지막 날이면 어떡해?

선이는 자리에서 일어나, 도움을 청할 사람이 없는지 전후좌우를 살폈다.

산 쪽에서 떼꾼 이 씨와 사냥꾼들이 열을 지어 달려오고 있었다. 선이가 던진 폭약이 터지는 소리를 신호로 행동을 개시한 것이었다.

선이는 여전히 귀가 먹먹했던지라 고함지르듯 큰소리로 이 씨에게 말했다.

"영감님! 저 이무기는 나쁜 짐승이 아니에요. 승천하여 동강의 수호신이 될 소중한 신령이시라고요! 그러니까 당장 무기를 치우세요. 영감님도요! 오해하고 계신 거예요! 어떤 나쁜 놈 때문에 누명을 뒤집어쓴 거라고요!"

이 씨 무리의 뒤편에서 예의 그 덩치 큰 사내가 나타났다.

"흐흐흐. 그게 바로 내가 저 이무기를 죽이려는 이유다! 저 이무기를 그냥 두었다간 동강의 수호신이 될 거라는 사실 말이다."

덩치에 어울리지 않게 얄밉상스러운 그 목소리를, 선이는 기억해 냈다.

"뭐라고요?"

"어쨌든 너한테 무지 고맙다는 인사를 하고 싶군."

도대체 내가 무슨 짓을 한 거야?

선이는 기가 막혀 말도 못하고 눈물만 흘렸다.

그 와중에도 배꼽 아래 여의주는 엽령귀의 눈을 피해 더 밝게 빛나고 있었다. 용케도 선이가 두 손으로 꽉 움켜쥔 나무 용이 그 빛을 가리고 수렴해 주었던 것이다.

혈투

 사냥꾼 패들이 떼꾼 이 씨의 지휘 아래, 용이를 쏘아 댔다. 1조가 먼저 쏘고 총알을 장전하느라 물러서면, 기다리고 있던 2조가 한 발 내딛으며 다시 총알을 날렸다. 3조와 4조도 그렇듯 겨끔내기로 총을 쏘았다.

 엽령귀는 용이가 힘이 빠지기만을 기다렸다.

 "흐흐흐. 오늘이 이무기 네놈의 제삿날이로다!"

 탕. 타탕. 타앙. 핑. 피피피 핑!

 하지만 조총은 용이에게 작은 상처만 숱하게 남겼을 뿐, 큰 타격은 입히지 못했다. 용이가 그 거대한 꼬리를 휘두르면 조무래기 사냥꾼들은 금세 묵사발이 될 터였다.

 그러나 용이는 불살계를 지켜야 했다. 천 년 수행의 마지막 날을 살생으로 망칠 수는 없었다.

 티끌 하나 없이 맑던 하늘에 빠른 속도로 구름이 생겨났다. 구름은 순식간에 자기들끼리 뭉치더니 널찍하고 시꺼먼 먹장구름으로 돌변했다. 대낮에 손바닥 뒤집는 것처럼 갑자기 날씨가 바뀌자, 사냥꾼들의 대오가 흐트러졌다. 바람 소리가 호랑이 울음처럼 사나워졌고 짙은 흙냄새가 피어올랐다.

곧 굵은 빗줄기가 쏟아져 내리며 땅 위의 모든 것들을 적셨다. 사냥꾼들의 손에 들린 조총과 화승*도 굵은 빗줄기를 피할 길이 없었다. 순간, 아차 싶었던 사냥꾼들이 서둘러 여분의 화승으로 교체하고 품에서 화섭자(火攝子)**를 꺼내 불씨를 당겨 봤지만 흠뻑 젖어 버린 화승에는 불이 붙지 않았다. 당황한 사냥꾼들이 발만 동동 구르는 사이, 용이가 떼꾼 이 씨와 사냥꾼들의 코앞까지 머리를 들이밀었다. 안 그래도 몸살기가 있던 차에 장대비까지 맞아 물에 젖은 생쥐 꼴로 덜덜 떨던 이 씨는 용이가 내뿜는 냉기에 얼어붙은 듯 그 자리에서 기절했다. 사냥꾼들은 오줌을 지리며 걸음아 날 살려라 줄행랑을 쳤다.

가까운 언덕배기에서 상황을 지켜보던 엽령귀가 혀를 찼다.
"쯧쯧, 인간 놈들, 조금만 더 버텨 주지."
머리에서부터 발끝으로, 엽령귀는 본래 모습으로 돌아가고 있었다. 늙은 호박처럼 둥그렇고 이목구비가 없는 머리통에 이어 못,

---

* 조총에서 총탄을 격발시키기 위해 불을 붙이는 심지.
** 불씨가 있는 숯을 넣어 다니는 통. 휴대용 발화 도구.

톱날, 칼, 포탄, 총알, 화살 따위로 이루어진 괴상망측한 몸통이 드러났다.

그것은 눈 깜짝할 사이에 열 덩어리로 나뉘었다. 그리고 그 덩어리들은 몇 번을 꿈틀꿈틀거린 뒤 제각기 또 다른 엽령귀의 모습을 갖춰 몸을 일으켰다.

"이것이 바로 분신술! 이무기 네놈은 죽었다 깨어나도 따라하지 못할 걸?"

야아아아아아아아아아아아압!

엽령귀들이 한꺼번에 기합을 내질렀다. 그것들은 날카로운 창칼로 뒤덮인 고슴도치 꼴을 하고는 무시무시한 속도로 몸뚱이를 회전시키며 용이를 향해 날아갔다. 그것들에 쓸리고 깎인 풀꽃과 나무, 바윗돌은 무엇이랄 것 없이 모두 제 모양을 잃어버렸다. 미처 도망가지 못하고 근처에서 혼절해 있던 떼꾼 이 씨는 바윗돌이 깨지면서 튕긴 돌덩이를 콧등에 맞고 피거품을 뿜었다. 선이도 날아가는 자갈돌에 관자놀이를 맞고 쓰러졌다. 이 씨가 사지를 조금 버르적거리다 끝내 숨을 멈출 즈음, 선이도 정신을 잃고 말았다.

살생을 하지 않으려는 용이가 옆으로 비끼어 몸을 피하자, 전속력으로 달리던 열 덩어리의 엽령귀들은 관성에 따라 즉시 방향을 바꾸지 못하고 헤맸다.

"이런, 이런. 힘 조절이 안 되면 곤란하지. 한 방향보다는 열 방향에서 공격하는 편이 낫겠군."

엽령귀들이 둥그렇게 흩어져 용이를 에워쌌다. 그리고 용이를 향해 크고 작은 칼날을 빗발치듯 날려 보냈다.

철썩.

용이가 꼬리로 어라연 물을 힘차게 내리쳤다. 굵직한 물기둥이 여남은 개 솟아오르며 거대한 물의 결계(結界)*가 세워졌다. 용이는 똬리를 틀고 결계 안에 숨었다.

"이런 덩칫값도 못하는 우물(愚物) 같으니. 거기 숨으면 안 보일 거 같은가? 내가 못 건드릴 거 같은가?"

엽령귀들이 무시무시한 속도로 날아가 결계에 부딪쳤다. 물이 사방팔방으로 튀고 무수한 칼날이 결계를 파고들었지만 결계는 뚫릴 듯 뚫리지 않았다. 뚫렸다가도 금세 흔적 없이 매끈해졌다.

"어리석도다. 정녕 칼로 물을 벨 수 있다고 생각하나?"

용이의 호령에 엽령귀들은 잠시 주춤했지만, 이내 기세등등하여 용이를 비웃었다.

"가르쳐 줘서 고맙네. 칼로 물을 벨 수 없다면 물을 말려야겠지, 흐흐흐."

말이 끝나기 무섭게 엽령귀 떼가 검은 기름을 주르르 쏟아 냈다. 어라연의 푸른 수면이 시커먼 기름띠로 뒤덮였고, 역겨운 기름내가 하늘과 땅 사이를 가득 메웠다. 엽령귀의 등에서 불붙은 폭약이 우수수 떨어졌다.

펑, 펑, 퍼펑, 퍼퍼퍼퍼퍼펑!

---

* 마군이 감히 침입하지 못하는 수행자의 구역.

폭약이 기름띠에 닿자, 검붉은 불길이 치솟았다. 불길은 기름띠 전체로 옮아갔고 수면은 속수무책으로 끓어올랐다. 졸지에 가마솥에 갇힌 꼴이 된 물고기 떼가 주검으로 떠다녔다. 시간이 흐르자, 강물은 부글부글 끓다 못해 보얀 김을 내며 말라갔다. 용이를 지켜 주던 물의 결계도 한낱 종잇장처럼 얇아졌다.

"어디 재주껏 버텨 보시게. 앉은 채로 이무기 탕이 되어 주시겠다? 흐흐흐. 따로 솥을 준비할 필요도 없고 잘됐군. 아주 잘되었어!"

강물의 증발 속도가 점점 빨라졌다. 결계가 뚫리는 것은 시간 문제였다. 용이는 정신을 집중하려 무진 애를 썼다.

비를 불러야 해, 비를.

그러나 엽령귀 떼의 창칼 공격을 막아 내랴, 물의 결계를 지켜 내랴, 용이는 자꾸만 정신이 흐트러졌다. 엽령귀들은 아예 결계에 들러붙어 집요하게 쑤시고 긋고 찔러 댔다. 수백 번, 수천 번, 수만 번……

쨍!

사기그릇 깨지는 소리가 나는가 싶더니 결계에 거미줄 같은 실금이 생겼다. 실금은 눈 깜짝할 사이에 결계의 형체를 무너뜨렸다. 열 덩어리의 엽령귀가 열 방향에서 용이를 향해 돌진했다.

물속으로 내려가거나 하늘로 솟구쳐야 한다. 빛의 속도로.

하늘로 오르면 엽령귀의 십자포화에 노출되는 시간이 더 길어질 터. 용이는 강바닥을 향해 몸뚱어리를 내리꽂듯 하강했다. 그러나 이미 강물도 너무 얕아져 이무기의 거대한 몸 전체를 숨겨 주지는 못했다.

두 자루의 단검이, 용 비늘이 없는 용이의 옆구리께를 가격했다. 검푸른 피가 분수처럼 뿜어져 나왔다. 용이가 입으로 칼을 물어 뽑아내는 사이, 또 하나의 표창이 용이의 목덜미에 꽂혔다. 역시나 용 비늘이 돋지 않은 곳이었고 입으로 뽑아 낼 수도 없는 곳이었다.

"크아아아아아아악!"

용이의 신음 소리가 어라연에 요동쳤다.

"마음에 드나? 특별히 자네를 위해 머나먼 서역에서 구해 온 맹독이라네. 이제 곧 온몸에 마비가 올 거야. 흐흐흐, 천 년 만에 처음 본 우스운 장면일세그려. 뱀이 독에 당하다니. 흐흐흐! 몸부림 그만치고 얌전히 죽어 주시게. 몸부림쳐 봤자 고통만 커진다네. 그렇게 몸부림을 쳐 대면, 내 휘장으로 쓸 가죽이 보기 싫게 쭈그러들 거 아닌가."

아닌 게 아니라 창을 맞은 목덜미가 나무토막처럼 뻣뻣했다. 등줄기도 절반쯤은 마비된 듯했다.

이대로 가만있다가는 산송장이 돼서 엽령귀에게 능욕당하다 죽겠군. 차라리 죽을 각오로 싸우다 죽자.

용이가 방어 자세를 버리고 가장 가까이 있는 엽령귀를 꼬리로 휘감아 으스러뜨렸다. 그때 무언가가 쐐액 소리를 내며 날아왔다. 끔찍한 통증과 함께 용이의 왼쪽 눈이 보이지 않았다. 오른쪽 눈에, 연노(連弩)*를 꺼내든 엽령귀들이 보였다.

용이는 꼬리로 오른쪽 눈을 감쌌다. 허리께까지 퍼진 독 기운과 지나친 출혈로 달리 힘을 쓸 수도 없었다. 열 덩어리의 엽령귀가 열 개의 연노로 한꺼번에 백 개씩 화살을 쏘아 댔다. 선이 덕에 용비늘이 돋아난 곳은 그나마 화살을 튕겨 냈지만, 아직 비늘이 덮이지 않은 곳은 깔축없이 화살에 점령당했다.

엽령귀들이 다시 한 덩어리로 뭉쳤다.

"흐흐흐. 너희 모두 이무기 피 맛을 보려무나. 이런 기회는 다시 오지 않을 게다."

엽령귀는 창, 칼, 화살, 연노, 도끼, 철퇴, 망치, 봉, 극, 채찍, 총 따위 제가 가진 모든 무기로 용이를 찌르고 베고 쑤시고 후비고 후려치기 시작했다. 몸뚱이 곳곳에 수두룩이 꽂힌 무기 때문에 이제는 용이가 되레 엽령귀와 비슷한 몰골로 바뀌어 갔다.

선이가 몸을 뒤척거렸다. 속눈썹에 맺혔던 눈물방울이 또르르 굴렀고, 흙모래와 피로 떡이 진 머리채가 버석거렸다.

선이의 눈에, 소금 배에서 엷게 미소 짓던 용이의 얼굴이 꿈결처럼 떠올랐다.

선이야, 네 친구들 이름을 불러 줘. 내 소원이야.

---

* 촉나라 재상 제갈공명이 발명한 병기로 일반 활과 달리 한꺼번에 여러 개의 살을 날릴 수 있는 기계식 활.

별 이상한 소원도 다 있네요.

선이야, 도와줘. 네 친구들 이름을 불러 줘.

좋아요. 형님 소원이라면 못 들어 드릴 것도 없지요.

용이의 그 미소에 이끌려 선이는 소금 배에서 했던 대로 동강 물길에 깃들어 사는 친구들의 이름을 불렀다. 선이의 배꼽 아래쪽이 아침 해처럼 붉누른 황금빛을 발하기 시작했다.

곰취, 참취, 미역취, 개암취, 마타리취, 각시취, 수리취, 단풍취, 병풍취, 암만 먹어도 주정뱅이 될 일 없는 취나물들아.

홀아비꽃대, 소경불알, 광대수염, 난장이붓꽃, 칼풀, 쥐방울덩굴, 도깨비바늘, 도둑놈의갈고리, 저마다 사연 있는 우리 인간을 닮은 풀꽃들아.

황금빛이, 선이의 무명 바지를 뚫고 두둥실 하늘로 솟아오르더니 육허로 번져 나갔다. 너무나 놀라운 광경이었지만, 선이는 혼몽 중에 무엇이 꿈이고 무엇이 생시인지 분별할 겨를도 없이 그저 떠오르는 대로 동강에 깃들어 사는 친구들의 이름을 쉬지 않고 불렀다.

때까치, 곤줄박이, 딱새, 해오라기, 할미새, 비오리, 언제나 먼 하늘 너머를 그리게 하는 새들아.

고라니, 삵, 멧돼지, 승냥이, 산양, 여우, 너구리, 족제비, 오소리, 가도 가도 첩첩산중 칠족령 백운산 잣봉의 자식들아.

어름치, 배가사리, 꺽지, 금강모치, 납자루, 돌고기, 동강 어미의 젖 먹고 자라는 금쪽 같은 새끼들아.

용이 형님을 도와줘. 제발…… 그를 도와줘.

어라연 주변이 이름 불린 새들의 날갯짓 소리, 길짐승들의 발자국 소리, 풀꽃들이 술렁거리는 소리로 소란스러워졌다. 죽은 물고기들이야 배를 드러내고 떠내려갔지만, 산 물고기들은 강물을 거슬러 올라왔다.

이름이 불리지 않았으나 허위허위 달려오는 친구도 더러 있었다. 거대한 산인(山蚓)도 개중 하나였다. 산인이 굵다란 몸뚱이를 접었다 폈다 하며 꿈틀꿈틀 내려오자, 잣봉 전체가 들썩거렸다.

비몽사몽간으로 몽롱한 선이의 눈에도 산인의 모습은 경이로웠다. 머리는 두 개였고 잣봉의 흙 색깔과 똑같은 몸뚱이가 소나무 스무 그루쯤을 이어놓은 것만큼 길었다.

선이의 마음을 읽었는지 산인이 말했다. 쉭쉭거리는 배밀이 소리에 불과했지만, 어찌된 영문인지 선이는 그의 말을 알아들었다.

나는 잣봉의 신령, 백 년 묵은 토룡이란다. 동강이 죽으면 잣봉도 죽지. 이무기가 죽으면 토룡도 살 수가 없어. 토룡이 죽으면 인간도 죽을 거야…….

엽령귀가 제 머리통을 필사적으로 쪼아 대는 새들을 향해 독침을 날렸다. 그리고 다리를 물어뜯는 물고기들에게는 검은 기름을 처 발랐다. 멧돼지, 고라니, 승냥이 따위 길짐승들에게는 불화살을 쏘았다.

엽령귀가 제일 성가셔한 것은 풀꽃이었다. 칼풀은 엽령귀의 얼굴을 사정없이 베었고, 도깨비바늘은 엽령귀의 몸에 붙어 떨어지지 않았고, 쥐방울덩굴은 엽령귀의 몸뚱이를 포박하듯 칭칭 감았다.
 산인은 두 개의 머리에 난 두 개의 입으로 토분(土粉)을 끝없이 토해 냈다. 엽령귀는 산인 앞에서 당황하여 우왕좌왕했다. 어떤 무기를 써야 하는지조차 알지 못하는 것 같았다. 독침도 기름도 불화살도, 찐득한 흙가루 폭탄을 맞는 순간, 힘을 잃었다.
 그 사이, 용이의 몸에서는 엽령귀의 무기들이 후두두, 후두두, 떨어져 나갔다. 얼어붙은 땅을 밀치고 뾰조록 얼굴을 내밀고야 마는 이른 봄날의 새싹처럼 황금빛 용 비늘이 무기들을 밀어내고 돋아났다. 용 비늘이 늘어날수록 용의 기운도 뻗쳐올랐다.
 용이는 어라연 위로 떼구름을 끌어모았다. 비가 내렸다. 폭우였다. 기름띠에 남았던 잔불이 가뭇없이 사라졌고, 용이의 몸에서 떨어져 나온 무기들이 삽시간에 떠내려갔다.
 용이는 오른쪽 눈을 쌌던 꼬리를 풀고 사방을 둘러보았다. 움직임이 눈에 띄게 느려진 엽령귀가, 비를 맞아 더욱 차지고 끈끈해진 토분을 몸에서 떨어내느라 무진 애를 쓰고 있었다. 그 위로 용이가 꼬리를 휘둘렀다. 엽령귀의 몸뚱이가 폭격 맞은 창고처럼 우지끈 부서졌고, 무기들이 사면팔방으로 날아다녔다.
 용이가 엽령귀의 둥그런 머리통을 조준하고 불덩어리를 뿜었다.
 "아이쿠, 안 돼! 머리를 잃으면 끝장이지."

이지러진 머리통을 상하좌우로 흔들며 엽령귀가 줄행랑을 놓았다. 못, 톱날, 칼, 대포, 총알, 그리고 이름을 알 수 없는 폐기물들이 도망가는 엽령귀를 따라가며, 철가루가 자석에 이끌리듯, 그의 몸뚱이에 달라붙었다.

도망가는 자는 쫓지 않고 내버려 두는 것이 수행자의 도의인지라 용이는 꼬리를 거두어 말고 불덩이를 도로 삼켰다.

그러나 엽령귀는 그 틈을 놓치지 않고 기습적으로 엉덩이를 치켜들더니 용이를 향해 대포를 쏘았다.

"야아아아아압!"

"야비한 놈!"

반사적으로 머리를 돌린 덕분에 급소를 맞지는 않았지만, 용이는 귀 언저리에 큰 상처를 입었다.

용이의 입에서 다시금 불기둥이 솟아올랐지만, 엽령귀는 이미 하늘 끝으로 자취를 감추는 중이었다.

"내 비록 지금은 물러난다만, 너도 주제꼴을 보니 승천은 글렀도다. 보아라, 이미 해가 지고 있지 않으냐? <u>흐흐흐</u>. 내 언젠가 다시 와서 확실히 죽여 줄 터이니 가죽 간수 잘하고 기다릴지어다."

엽령귀의 큰소리가 노을빛 번지는 잣봉에 메아리쳐 울렸다.

승천

승천이 글렀다니?

엽령귀의 마지막 말에 놀란 선이가 그제야 화들짝 깨어났다. 선이는 손수건에 씌어 있던 글을 떠올렸다.

마지막 날에 그대가 내게 여의주를 주면, 나는 승천하여 동강의 수호신이 될 것이오…….

우선 형님을 찾아야 해. 시간이 없어.

멀리 갈 필요도 없었다. 살랑거리는 용머리 꽃으로 시선을 옮기자마자, 단풍 빛깔 갑사댕기가 눈에 들어온 것이다. 뾰족 바위 틈새에 걸쳐진 용이의 발이었다.

선이가 한달음에 달려가 보니, 용이는 그 사이 사람 모습으로 바뀌어 너럭바위 위에 널브러져 있었다.

"형님!"

선이는 용이 옆에 앉아, 시꺼먼 핏물로 범벅이 된 용이의 머리를 제 허벅다리에 올렸다.

용이가 선이의 목소리를 듣고 눈을 떴다.

"선이야……."

선이는 제 눈에 넘쳐흐르는 눈물을 훔치기보다 용이의 머리에서 흘러내리는 핏물을 닦아 줄 생각으로 복대에 매어 놓은 손수건을 풀었다. 선이의 눈길이 또 다시 손수건의 글귀에 붙박였다.

마지막 날에 그대가 내게 여의주를 주면…….

"없는 여의주를 어떻게 드려야 하는 건지……. 형님, 말씀해 주시어요. 제가 무슨 재주로 형님께 여의주를 드리지요?"

용이가 눈을 돌려 선이의 배꼽 아래에서 빛나는 구슬을 바라보았다.

"너도 제가 지닌 보물은 보지 못하고 남의 보물만 탐내는 뭇 인간들과 같은 족속이냐?"

선이는, 남의 사정도 모르고 그리 말하는 용이가 조금 서운했다.

"속 모르시는 말씀이어요. 제가 어떤 몸을 가졌는지 알고 나면, 형님도 괴물 취급을 하실 걸요?"

"몸으로 말하자면 이무기의 몸을 가진 나야말로 괴물이지. 너도 알잖니, 인간들이 나를 얼마나 흉악무도한 괴물이라 생각하는지."

"그거야 몰라서 그런 것이고요."

"안다고 한들 다를까? 너희 인간 세상에서는 자기네와 다른 자, 무리에서 튀는 자에게 곧잘 괴물 낙인을 찍지 않느냐. 나는 오래 살고 널리 다녀 봐서 잘 안단다. 이백오십여 년 전, 스스로를 이무기라 칭한 허균이란 자가 있었지. 젠체하는 사대부 노릇을 집어치우고 제법 자유로이 살더니만, 세상 사람들한테서 괴물 낙인을 얻고 사지를 찢기는 극형으로 생을 마감하더구나. 영월 사람 김삿갓이란 자는 좀 달랐지. 세상 사람이 낙인을 찍기 전에 스스로 저는 하늘을 볼 수 없는 죄인이요 괴물이라 떠벌리더라고. 말은 그렇게 하면서도 하늘만 잘 쳐다보고 사람들과 어울려 웃을 때도 늘 파안대소(破顔大笑)하더구나. 재미있는 친구였어."

선이도 아버지한테서 김삿갓 얘기를 들은 적이 있었다. 인물 좋고 재담 잘하고 귀신처럼 시를 잘 써서 온 나라에 그를 모르는 사람이 없다고 했다.

"몇 년 전에 전라도에서 객사했다지요?

"나도 그가 죽기 바로 전에 만난 적이 있단다. 죽는 순간에도 실없이 웃으며 재담을 하더군."

용이의 입가에 희미한 미소가 떠올랐다. 무엇인지는 몰라도 김삿갓이 했던 재담을 떠올린 모양이었다.

형님도 죽기 직전이면서, 김삿갓처럼 말이 많군요. 웃기까지 하고…….

"이 세상에는 너희처럼 살빛이 누렇고 눈동자가 검은 인간만 있지 않아. 살빛이 검은 인간, 흰 인간도 있고 눈동자가 푸른 인간, 노르스름한 인간도 있지. 키가 너희 두 배인 인간도 있고 너희 절반쯤인 인간도 있어. 머리가 둘인 사람도 있고 성기가 둘인 사람도 있지. 누가 보통 인간이고 누가 괴물일까?"

용이의 목소리가 점점 시르죽었다.

"선이야, 너는 내 오랜 꿈…… 천 년의 꿈…… 그 꿈 기운으로 태어난 귀하디귀한 사람이다. 어디서든 그 사실을 잊지 말거라……."

선이는 용이의 목소리에 아버지 목소리를 겹쳐 들었다.

너는 누가 뭐래도 이 아비가 용꿈 꾸고 얻은 자식이다. 그걸 잊지 마라.

용꿈.

천 년의 꿈.

선이의 눈길이 배꼽 아래 구슬로 옮겨 갔다.

"이것이구나!"

아아…….

"이것이었어!"

아아…….

선이는 입술 사이로 새어 나오는 탄성을 멈추지 못했다.

벼락 같은 깨달음과 함께, 구슬은 어떤 흔적도 남기지 않고 선이의 몸에서 사라졌다. 용이의 상처가 구슬을 빨아들인 것인지, 구슬이 상처로 굴러 들어간 것인지는 알 수 없었으나, 용이의 머리 또한 말끔히 아물었다.

용이가 눈을 감았다. 눈꺼풀이 젖어 있었다.

선이야, 드디어 깨달았구나. 스스로 깨닫지 못하면 여의주도 한낱 쓸모없는 구슬일 뿐. 네가 영영 깨닫지 못한 채 무명(無明)의 세

계에 머물렀다면, 나 또한 천 년의 꿈을 이룰 수 없었나니. 고맙구나. 선이야.

 이윽고 하늘과 땅에서 구름과 먼지가 사라졌다. 위아래 없이 청옥처럼 맑고 푸르렀다. 선이에게 힘없이 안겨 있던 용이의 몸이 황금빛 용 비늘로 완전히 뒤덮였다.

 용이가 일어나 하늘을 우러르자, 이무기는 절대 가질 수 없는 멋들어진 역린(逆鱗)이 턱 밑을 거슬러 한 자 두 치 크기로 돋아났다. 검푸른 어둠이 내리기 시작했지만, 천룡의 온몸을 뒤덮은 황금빛이 횃불보다 환히 어라연을 밝혔다.

 선이와 동강 친구들은 한마음으로 천룡이 승천하는 모습을 지켜보았다.

삿갓 괴물 납신다

"에그, 내가 분통이 터져 잠이 안 오는구나."

제 마음은요? 제 마음은 어떻겠어요? 어머니는 당신 마음만 소중하시고 제 마음 다친 건 생각도 않으시죠?

정이가 치미는 울화를 억지로 가라앉히고 숙암댁의 이마에 찬 물수건을 얹어 주었다.

"그러게요. 작은아버지가 알아봐 주셨기 망정이지, 중매쟁이 말만 믿었으면 꼼짝없이 남의 첩이 될 뻔했어요."

"말도 마라, 얘. 첩도 보통 첩이 아니라 네 번째 첩이라더라. 내일 죽을지 모레 죽을지 모르는 영감탱이가 제 아무리 천석꾼이라도 그렇지, 엇다 대고 그런 몹쓸 욕심을 부려?"

"어머니, 이제 그만 잊어버리시고 주무세요."

이부자리를 바로잡아 주며 정이가 말했다.

"네 아버지는 언제나 오신다니? 선이 얘는 왜 함흥차사야?"

제가 그걸 어찌 알겠어요?

정이는 대답하기에도 지쳐 입을 다물었다.

부잣집으로 시집가는 건 물 건너갔고……. 선이마저 돌아오지 않으면 약국집 종살이를 하는 수밖에 없는 건가? 종살이보다는 그 집 며느리가 되는 쪽이 낫지 않을까? 포악한 사내의 아내가 되어 학대당하느니 부자 영감의 네 번째 첩자리가 차라리 나을까? 아, 다 싫다. 다 싫어.

정이는 어머니가 깊이 잠들어 고른 숨소리를 낼 때까지 머리맡에서 지켜보다, 살며시 문을 열고 툇마루에 나와 앉았다.

선이야, 어디쯤 왔니? 언니가 세상을 너무 만만하게 봤구나. 너 혹시, 잘못된 거 아니지? 이젠 떼돈도 바라지 않아. 그저 네가 무사히 돌아와 주면 좋겠다. 낼모레쯤, 언니, 하면서 저 사립문으로 뛰어 들어와 주면 좋겠어. 그럼 종살이는 누가 가지? 당연히 네가……. 나, 너무 못됐지? 아냐, 내가 이판사판 죽을 각오로 그 집 며느리가 돼 버리지 뭐. 아아, 선이야, 네가 떼돈을 벌어 가지고 오면 얼마나 좋을까?

으스름 달빛이 툇마루를 비추었다. 달빛 속에서 정이는 선이를 보고 아버지를 보았다.

    사립문 오동나무에 하현달은 밝았건만
    보고픈 내 핏줄은 어찌 여태 안 오나

아리랑 아리랑 아라리오
아리랑 고개고개로 나를 넘겨주게

정이는 입속으로 아리랑을 웅얼거렸다.
아버지 닮았나 봐. 아닌 밤중에 청승맞게시리…….
눈물이 그렁그렁한 정이의 눈에, 유천리 금동이 총각이 사립문 뒤로 곡식 자루를 밀어 넣는 모습이 보였다.
금동이가 정이 들으라고 나직나직 아리랑을 불렀다.

아우라지 뱃사공아 배 좀 건네주게
싸릿골 올동박이 다 떨어진다

떨어진 동박은 낙엽에나 쌓이지
사시장철 임 그리워 나는 못살겠네

아리랑 아리랑 아라리오
아리랑 고개고개로 나를 넘겨주게

한편, 정 목수는 경복궁 중수공사장 근처의 한 술집에서 동료들과 어울려 술을 마셨다.
"정 목수, 정선 아리랑 한 자락 불러 보게. 이런 자리에 아리랑이 없으면 섭섭한 건 둘째 치고 술맛이 안 나."

"그러자고. 나도 마음이 영 헛헛해서……."

정 목수는 술잔의 술을 단숨에 비운 뒤, 큼큼, 목을 고르고 아리랑을 불렀다.

    원추리 미나리 해마다 늙더라도
    정선하고도 아라리야 더 늙지를 마시라

    두견아 접동아 네 슬피 울지 말아라
    네 슬피 우는 소리 들으면 고향생각 또 난다

    정선읍에 일백오십 호 몽땅 다 잠들었을 이 밤
    만리타향 객지에서 나는 잠 못 이루고 술만 푸네

    아리랑 아리랑 아라리요
    아리랑 고개고개로 나를 넘겨주게

정 목수는 선이를 보내고 난 후, 그 전보다 더 고향이 그립고 아내가 걱정되어 마음을 다스리지 못하는 참이었다. 그 모든 슬픔과 근심을 아리랑에 담아 그런지, 정 목수의 아리랑을 듣고 있던 동료들이 초점 없는 눈으로 먼 데를 바라보거나 제 허벅지를 내려다보며 눈물을 뚝뚝 흘렸다.

우리 선이는 무사히 돌아갔을까.

암, 돌아갔겠지. 누구 딸인데?

선이를 생각하며 정 목수는 술 한 잔을 더 마셨다.

선이는 덕포 나루에서 소금 배 선주에게 발기를 주고 광목을 인수하여 덕포에서 제일 큰 포목점에 팔았다. 혹시라도 실수할까 봐, 선이는 꼭 필요한 말만 하고 입을 다물었다.

"어린 총각이 대여섯 번은 떼를 탄 모양이군. 떼벌레들한테 뜯기지 않고 알토란같이 모아서 광목을 샀네그려."

"……."

"장하네. 이 돈으로 양친부모 효도하고 형제간에 우애 짓고 참한 색시 얻어서 장가도 들게나."

"예."

"음, 광목값, 여기 있네."

돈을 받아 나오는 선이의 등 뒤에서 포목점 머슴들이 뒷공론을 해 댔다.

"단양 나루에서 떼돈 잃고 실성했다는 그 총각 아냐? 소문에 키가 크고 눈도 큰 총각이라던데, 저 총각 생김새가 딱 그렇잖아?"

"설마. 떼돈을 잃었다면서 저만한 광목을 어디서 구해?"

"하긴."

"저 자식 저것, 노름판으로 직행하는 거 아냐?"

"하여튼 어린놈이 저 큰돈을 어디에 쓸지 엄청 궁금하네, 그치?"

"글쎄, 내가 따라붙어 볼까?"

"자네만? 그건 안 되지. 나도 가 보려네."

선이는 혼잡하기 짝이 없는 덕포 장거리로 뛰듯이 이동하여 그치들의 미행을 따돌렸다. 그리고 인적 없는 헛간에서 미리 준비한 치마저고리로 바꿔 입고 색동 장옷까지 훌렁 뒤집어썼다.

선이는 투전판과 선술집 앞에서 다시금 포목점 머슴들을 지나쳤지만 머슴들 중 누구도 선이가 광목 도매로 큰돈을 번 그 어린 총각이라고는 생각하지 못하는 것 같았다.

휴, 다행이야.

선이는 가슴을 쓸어내리고 국밥집에서 국밥 한 그릇을 사 먹었다. 그러곤 정선 정암사로 불공드리러 가는 부인네들의 행차에 슬쩍 끼어들었다.

모내기 철이 되어선지 요 며칠은 금동이 총각도 코빼기를 보이지 않았다. 정이는 왠지 아쉽고 울적한 마음이 되어 아우라지 강가에서 김 첨지네 빨래품을 팔았다.

이 손으로 내 님의 옷을 빨면, 내 맘이 이리 고달프진 않겠지. 에그, 허구한 날, 남의 집 군둥내 나는 옷이나 빨아 주고 밥 빌어먹는 신세라니…….

정이는 빨래 방망이를 내려놓고 세상이 처음 생긴 날부터 세상 끝나는 날 때까지 유구히 흐를 것 같은 아우라지 강물을 멍하니 바라보았다. 강물 흐르는 소리에 아라리 소리가 섞여 들렸다.

지게를 만들 때는 나무를 하자는 말이요
처녀 총각 걸어갈 때는 정들자는 말일세

아주까리 동백아 열지를 말아라
산골의 규중처녀가 일손이 뜬다

작년 같은 흉년에도 시집 장가 잘도 가더만
올 같은 총각 풍년에 시집 한 번 못 가나

아리랑 아리랑 아라리요
아리랑 고개고개로 나를 넘겨주게

"미쳤어, 미쳤어."
아라리 노랫말에 놀란 정이가 망측하다는 양 빨래 방망이를 치켜들었지만 아라리를 부르던 사내는 가뿐히 방망이를 빼앗으며 웃었다.
"여량리 처자한테 미친 유천리 총각, 여기 있소."
금동이였다.
"어째 얼굴이 반쪽이오? 방망이질은 내가 해 줄 테니, 저기 누워서 좀 쉬소."

같은 시각, 정 목수는 아내 몫으로 옥가락지, 정이 몫으로 혼수에 쓸 채단 한 마름, 선이 몫으로 새로 나온 소설책을 사서 들고 덕포 나루로 가는 소금 배에 올라탔다. 입속에서 아리랑이 끊이지 않고 솟아올랐다.

    진흙 속에 핀 저 연꽃은 곱기도 하네요
    세상이 다 흐려도 제 살 탓이지요

    정선같이 놀기 좋은 곳 놀러 한번 오세요
    검은 산 물밑이라도 해당화가 핍니다.

    아리랑 아리랑 아라리요
    아리랑 고개고개로 나를 넘겨주게

아우라지 솔수펑이가 보이자, 선이는 발부리에 무엇이 거치적거리기라도 하는 듯 느릿느릿 걸었다.
복대도 묵직하고 우리 집도 저만치 보이는데 왜 내 발걸음이 빨라지기는커녕 이리 무거운 걸까?
선이가 장옷을 벗고 작은 바윗돌에 걸터앉는 사품에 선이의 땋은 머리끝에서 빨간 단풍 빛깔 갑사댕기가 나풀거렸다. 선이는 고개를 갸웃하고 댕기를 만지작거렸다.

이 댕기를 보고 어머니가 뭐라 하실까? 빗자루부터 쳐들고 뛰어 오시지 않을까? 저 년, 저 대가리에 댕기 물린 거 좀 봐라, 아버지 대신 부역을 살라 했더니 달랑 저 혼자 몸으로 돌아오는 주제에 무슨 염치로 저 재랄을 떨고 있다니, 어쩌고저쩌고 하면서.

다람쥐 한 마리가 선이를 보고 쪼르르 달려왔다. 선이는, 봇짐을 뒤져 정암사 가는 부인네들한테서 얻은 쌀 튀밥을 한 줌, 다람쥐에게 던져 주었다.

다람쥐야. 나, 말이지. 어머니한테 절대로, 내 아랫도리를 봐요, 나도 어머니하고 똑같은 보통 여자라고요. 그러니 제발 저도 좀 사랑해 주세요,라는 말은 하지 않을 거야. 그 대신 어머니가 빗자루를 쳐들면, 그 빗자루를 빼앗아서 부러뜨려 버릴 거야. 망할 년, 밥벌레 같은 년, 욕을 해 대면, 가만 듣고 있지 않고 더 시끄럽게 물바가지 두드리며 엮음아리랑을 불러 버릴래.

다람쥐가 반들거리는 눈동자를 이리저리 굴렸다. 선이는 다람쥐에게 튀밥 한 줌을 더 집어 주고, 튀밥 부스러기가 묻은 치맛자락을 탈탈 털었다.

아랫도리가 보통 여자처럼 되긴 했는데, 보통 여자가 되자마자 보통 여자로 살기가 지루해져 버렸어. 언니처럼 부잣집에 시집가려고 애쓰는 거, 어머니처럼 아버지만 바라보고 사는 거, 생각만 해도 지겹고 지루해 죽겠는 거 있지.

장옷을 접어 팔오금에 걸치고 치맛자락을 거머쥔 선이가 일어섰다.

그래서 말이야. 나, 그냥 바지 입고 살기로 마음먹었어. 바지 입고 삿갓 쓰고 팔도 유람도 할 거야. 아버지만 돌아오시면, 바로 떠나려고.

아버지한테도 내 몸이 바뀌었단 얘기는 하지 않을 거야. 내가 보통 여자가 된 줄 아시면, 아버지는……. 너무 기뻐서 사흘밤낮쯤 내리 우시겠지만……, 그 눈물을 닦아 내자마자 나를 집 안에 들어앉히고 중매쟁이를 만나실 게 뻔하거든. 그리고 나더러 평생을 어떤 한 사내 밑에서 굽죄여 살라고, 그것이 여자의 도리라고 말씀하시겠지.

하얀 돌멩이 위로 옮겨 앉아 선이를 빤히 올려다보는 다람쥐의 눈빛이, 배가 부른 탓인지, 옅은 햇살 탓인지, 아버지의 그것처럼, 수심이 가득하고 한없이 무력해 보였다.

걱정해 주는 거니? 어린아이들이 따라다니며 삿갓 괴물이라고 놀리면 어떡하느냐고? 괜찮아.

선이는 일부러 눈썹을 찌푸리고 용이처럼 차갑고 낮은 목소리로 말했다.

"그래. 나, 삿갓 괴물이다. 어쩔 테냐?"

다람쥐가 놀라서 꽁무니가 빠지게 달아났다.

하하하.

선이는 배꼽을 잡고 웃었다.

김삿갓 어르신처럼 시 짓는 재주야 없어도, 망치 들고 뚝딱뚝딱, 톱 들고 쓱싹쓱싹 하는 재주는 있으니까……. 어떻게든 살겠지.

적어도 지루하진 않을 거야. 하하하.

선이의 가슴이, 금시라도 터질 듯 부풀어 올랐다. 솔수펑이에서 풍겨 오는 상쾌한 솔 내음에 코를 벌름거리며 선이가 발을 내딛었다. 바위틈에서 못난이 소나무가 반가운 듯 구렁이 혓바닥처럼 생긴 새순을 흔들었다.

세상아, 기다려라. 삿갓 괴물 납신다!